CAN WE
CHANGE THE
DIRECTION OF THE TIDE

陈楸帆 著

我们能否改变潮水的方向

深圳出版社

图书在版编目（CIP）数据

我们能否改变潮水的方向 / 陈楸帆著. -- 深圳：
深圳出版社, 2024.11
ISBN 978-7-5507-4043-3

Ⅰ.①我… Ⅱ.①陈… Ⅲ.①幻想小说－小说评论－
中国－当代－文集 Ⅳ.①I207.42-53

中国国家版本馆CIP数据核字(2024)第108336号

我们能否改变潮水的方向
WOMEN NENGFOU GAIBIAN CHAOSHUI DE FANGXIANG

出 品 人　聂雄前
责任编辑　张　梅
责任校对　彭　佳
责任技编　梁立新
封面绘制　陈楸帆·Midjourney
装帧设计　长虎·设计　CHANGHU
　　　　　QQ:931640398　Designstudio

出版发行　深圳出版社
地　　址　深圳市彩田南路海天综合大厦（518033）
网　　址　www.htph.com.cn
订购电话　0755-83460239（邮购、团购）
印　　刷　深圳市华信图文印务有限公司
开　　本　889mm×1194mm　1/32
印　　张　8.25
字　　数　157千
版　　次　2024年11月第1版
印　　次　2024年11月第1次
定　　价　45.00元

前　言

　　这个时代令人无比焦虑。

　　世界权力格局被打破重塑，科技狂飙突进，虚拟与现实边界愈发模糊，人工智能、基因编辑、虚拟现实、脑机接口、星际文明……原本只存在于想象中的概念早已成为公共话语的一部分，也让我们的生活方式与价值观加速裂变。作为被深卷其中、难以脱身的个体，我们艰难追赶，竭力理解，痛苦适应。我们应该以什么样的姿态，借助何种媒介去与这样的时代连接、交互与对话？

　　多年的写作与思考令我意识到，科幻或许能够成为一种方法，它绝非只有逃避主义或末世论的一隅之地。恰恰相反，通过塑造一个看似陌生化却依循内在逻辑自洽的世界，科幻提供了一面重新审视现实的镜子，它无时无刻不在提醒我们，未来从不是既定不变的，我们每一个人都参与着它的创造。正如海德格尔所言，人不是被抛掷到世界中的，而是栖居于此，这种栖居让我们成为塑造世界的主体。科幻以想象力为翼，飞越时空之上，却从未脱离我们身处此在的大地。

　　过去十余年间，中国科幻文学发展风云变幻。曾经被视为小众与边缘的科幻，如今已成为大众文化版图中令人瞩目的一支生力军，甚至被寄予文化"出海"、弘扬科学精神与创新意识的厚望。

于是便有了你手中的这本随笔集，其中记录了过去我对中国科幻文学现场的观察与思考。我试图以小说家的触角，捕捉这个时代最微妙的震颤与暗流涌动——无论是以赛博格之眼重新觉察科技时代的人之境遇，以跨物种共情反思人与自然的伦理关系，借由对超真实的言说来反思信息时代主客体关系的错位与重构，还是以一种"科幻现实主义"的方法论介入全球化语境下依附与反抗的复杂纠葛……所有的文章无不根植于当下，又时刻与历史、未来相互激荡。因为科幻注定是一种"变易不居"的文学，它所指向的，正是无数或然图景拼合交错出的一个分形未来；它所涉及的，是人类社会转型期的阵痛与生长。在这样的时代，文学不应独善其身于一隅，而理应挺身而出，直面裂变的社会图景，直击每一个个体的焦虑、迷茫、挣扎与抗争，为时代立传，为未来导航。

而科幻，作为一种想象力的文学，作为一种变革的文学，理应成为探索未知、拥抱变化的先锋。它不应止步于对新奇科技元素的炫技式展示，而更应对科技进步可能带来的种种复杂影响进行辩证式反思；它首先应该是文学，应该书写人性的复杂、权力的角力、科技的悖论以及未来的不确定性；它应对个体在时代洪流中的位置、矛盾与命运投以关切的目光，用共情来照亮人性的尊严与崇高；它应当成为沟通"人文"与"科技"的桥梁，而非二元对立的帮凶；它应当以更为开放的视野、更为多元的声音来拥抱个体、拥抱世界、拥抱未来。这也注定了科幻小说的边界是模糊的，它常需借助其他学科、文类的养分来滋养自身。

变化终将带来不适与困惑，但我仍愿意相信，科幻有一个不变的内核——对于人性的终极思考：我们是谁？从哪里来，将到哪里去？科技让我们成为什么样的人？我们有能力主宰自身的命运吗？一旦超越人性，我们是否仍保有存在的价值？这是一种递归式的哲学提问，是神话和宗教不再能回答的未解之谜。科幻或许能让我们每个人保持足够的敏感度，去洞见自身与整个人类的命运纠葛；能时刻保持对世界的好奇，对差异的尊重；能放下成见，敞开胸怀接纳他者；能创造、守护、传递美与惊奇感，科幻便将不再只是停留于纸上的一场概念狂欢。

在这样一个瞬息万变的时代，面对愈发混沌、不确定的未来图景，所有的文字都只能是暂时的，它们既是对历史的线性总结，也是对未来开放式的提问。在我看来，科幻从来就不是预言，而是一次次审视自我、重塑认知的机会。在不远的将来，AI写作也许会让人类的创造力黯然失色，但无论AI模仿得多么精妙，我相信总有一些最为本真、最为根本的人性体验是冰冷的算法与数据永远无法企及的，那便是基于此在处境中独特个体性的顿悟与觉知，是血肉之躯与千姿百态的世界碰撞交织激发的灵光。

正如德尔斐神谕所言，成为你自己，或许便是在这个时代，我们改变潮水方向的唯一方法。

目 录

VIEW 看见

READ

单读 ＼

我们需要用故事，
用想象力来记录下这个时代，
为每个行走在这片土地上的人
或者赛博格寻找可能的答案。

《奇点遗民》：
用科幻探索人性奇点

　　"奇点"这个单词来自天体物理学，它指的是时空中（例如黑洞内部）所有物理理论都失效的一点。20世纪80年代，科幻小说家弗诺·文奇将该词与数学家古德提出的"智能爆炸"概念联系起来。在1993年NASA召开的一次研讨会上，文奇宣称，在未来的三十年间，人类将会掌握创造超人智慧的技术手段。之后不久，人类时代就将宣告终结。

　　无独有偶，以准确预测未来闻名于世的发明家雷·库兹韦尔在2005年推出了畅销书《奇点临近》，他预言，奇点将在2045年到来。那一年，人工智能的计算能力将达到所有现存人类智力总和的十亿倍；借助生物技术和纳米技术，

参见《齐鲁晚报》2017年9月16日第A12版。刘宇昆《奇点遗民》，中信出版集团，2017年。

人类的进化开始由自己掌控，长生不老成为现实；人类能将意识扫描入电脑，变成虚拟存在或不朽的机器人，逃到神灵游荡的太空边缘；在几个世纪的时间内，人类智慧将会被重组，它将参透宇宙万物。库兹韦尔相信这就是人类作为一个种族的终极命运。

"奇点主义者"热衷于描绘巨变到来时的奇观与探讨实现的技术路径，却往往有意无意回避了一些更为模糊微妙的问题：

当以意识形态上传到虚拟空间之后，人类的情感会发生怎样的变化？在永生与繁衍后代之间如果只能选择其一，我们该如何选择？数据时代的神灵是什么样的，诞生于虚拟空间的孩子们又将遵循怎样的生存法则？爱是一种算法吗？

幸运的是，我们还有刘宇昆，这样一位横跨东西方文化，触角遍及多种学科的作者与译者。许多人知道他，仅仅因为他帮助《三体》与《北京折叠》登上雨果奖领奖台，但不知道的是，他本身就是一位极其优秀的科幻奇幻作家，他的《折纸动物园》囊括雨果奖、星云奖、世界奇幻奖在内的全球范围内诸多奖项，创造了一项历史纪录。他的架空历史奇幻史诗《蒲公英王朝》三部曲，也被业界评价为近年来最具独创性与野心的杰作。

这次，他最优秀的部分短篇作品由资深译者耿辉重新翻译修订，以更加完美的面貌，收录于这本《奇点遗民》小说集中，这也是他在国内出版的第四本选集。

在国内科幻论坛里，粉丝们会亲切地称呼钟爱构建宏大意象的刘慈欣为"大刘"；同样，刘宇昆也因其细腻动人、催人泪下的文风，赢得了"摧心刘"的美名。

还记得与他初次见面是在2012年芝加哥世界科幻大会上，当时他对于自己的《折纸动物园》获奖并不抱希望，但最后的结果还是给了他一个大大的惊喜。刘宇昆回忆道，他很肯定自己不会赢，以至于事先完全没有准备发言稿。在走上领奖台那段短短的距离里，他不停地重复着三个词：妻子、编辑、粉丝——对于他取得成功最重要的人，那基本上就是他发言的全部内容。

这正如他的获奖小说《折纸动物园》，刘宇昆用简单质朴的故事，探讨了每个人年少时都曾犯下的错误——用最残忍的方式去对待那些最爱我们的人，同时表达了"情感根植于语言之上"的深刻哲理。这样严肃的感情议题在科幻小说里令人惊讶地被忽略，却经常出现在刘宇昆的小说里，这或许便是他的作品能够超越族群，引起广泛共鸣并最终赢得全世界范围内奖项的原因。

但这仅仅是刘宇昆创作的一面，他的小说充满文化冲突与人文关怀，却又不乏硬朗精准的技术细节。更难能可贵的是，他总能用细腻的文字触动我们内心深处的柔软，为作品赋予宗教般悲悯的光芒。这与他多元文化教育背景所造就的独特视野关系密切。

当刘宇昆进入哈佛大学时，并不确定自己想要学的是数学（他最强的科目）还是文学。哈佛在这两项科目上都享有盛誉。然而当他一上英语文学入门课程，便立即爱上了这门课，并决定集中全部精力攻读。

那是一段美好的经历。优秀的教授与助教令刘宇昆对英语文学传统的丰富性由衷赞叹。他热爱盎格鲁-撒克逊时期的节奏与粗粝意象，中世纪英语的松散句法与流动音韵，在乔叟、斯宾塞、莎士比亚和弥尔顿之后创造力的绽放，再加上拉美文学与世界英语文学的多元化声音，他感觉自己可以永远地在文学海洋里钻研下去。与此同时，文艺批评理论帮助他更好地理解文学，提高思辨技巧。法语与拉丁文的学习开阔了他对平行文学传统的视野。

这便是他异常注重写作文学性的根源，在科幻小说里引用苏珊·桑塔格的文艺评论或者艾米莉·狄金森的诗句可不算常见。

但另一方面，刘宇昆依然钟情于数学的严谨。哈佛允许学生选修任意科目的课程，只要在精力允许范围内能够顺利拿到毕业学位。他选修了许多计算机类课程，因为喜欢测试过程和数学基础，可以用这些符号构建虚拟机，让数学结构干一些事情，运行真实世界的功能，解决一个实际的难题。正如他在创作于 2004 年的小说《爱的算法》中所描写的，一位患有严重抑郁症的母亲质疑，所谓人类的情感与爱，到头来或许只是大脑黑盒里的算法而已。这篇小说也让我在互联网上与刘宇昆建立了虚拟而真挚的友谊，并延续至今。

毕业后，他进入西雅图的微软成为一名软件工程师，又受到互联网浪潮的召唤回到东岸加入创业公司。在那里，他认识了他的妻子邓启怡。

公司运转得很好，刘宇昆热爱那种成为一名软件工程师的感觉——他的许多小说依然在刻画那种经验，如《迦太基玫瑰》中的编程语言。但最终，他觉得自己想做一些不一样的事情，于是又去上了哈佛法学院。法学院的时光同样是一段奇妙的经历：严谨的逻辑与创造性的争辩理所当然地提高了他的思辨和写作技巧，他的许多小说里展示了一位律师的思维习惯，如《结绳记事》中对于知识产权的论述片段。

从哈佛法学院毕业后，刘宇昆一开始在一所联邦法院当法官助理，之后成为一名企业税法律师。这份工作辛苦却也报酬丰厚，只是工作时间非常长，剥夺了他的写作时间。当刘宇昆和邓启怡决定一起建立家庭时，他不得不再次做出选择。他不想成为那种从不关注孩子的父亲，而且他十分怀念写作的时光。

于是，刘宇昆再次转换职业，成为一名专攻高科技专利案件诉讼的顾问。这份工作让他得以充分运用自己所擅长的法律知识及科技技能，而且工作时长要合理得多。刘宇昆有更多的时间陪伴妻子和女儿，最重要的是，他又能拾起纸笔，继续钟爱的小说创作。有了两个孩子之后，他的许多作品探索着技术变革所带来的家庭关系的变化，如《幻象》中因为出轨而被女儿厌弃的父亲，只能一次次从拟像相机所制造的幻影中重温天伦之乐；如《奇点遗民》中描写了父母在被抛弃的真实世界里与虚拟空间中的机器争夺后代的动人故事。

如今的刘宇昆已经成为一名全职作家，居住在波士顿，来往于世界各地，因为在写作、活动的同时需要处理大量与孩子相关的家务事，他被迫变得更加高效，更善于利用时间。他说："我曾经浪费了那么多光阴，如今我已承受不起。"

比起传统的软/硬科幻、科幻/奇幻之分，刘宇昆认为科幻小说是一种思考科技冲击生活的美妙形式，而奇幻小说是一种思考心理学冲击生活的美妙形式，两者都可以用于书写在主流文学中难以被探索的政治议题，这也是他更加偏好的那一类"推测性小说"，正如书中收录的《人在旅途》以及《上海 48 小时：国际游客周末观光指南》。

他欣赏奥克塔维娅·E.巴特勒、厄休拉·勒古恩、菲利普·迪克、奥森·斯科特·卡德以及玛格丽特·阿特伍德的作品，同样喜欢更为后现代的作家如大卫·米切尔、卡尔维诺和马尔克斯。他通常喜欢那种并非明确地表达政治性，但包含了思考后殖民主义、伦理、权力与种族／性别关系，以及其他政治道德议题的"更宽泛"的作品。

事实上刘宇昆不只阅读推测性小说，他同样欣赏惊悚、爱情及纯文学类小说，而且读得比科幻、奇幻小说更多，他并没有将自己拘泥于某种特定类别，希望能写出让广大读者喜爱并记忆深刻的作品，但首先是写出令自己满意的作品。

十一岁随家人移居美国的刘宇昆将自己看作一个美国人，正如他将自己看作一个华人。在他看来，华人是一个包罗万象的概念，它包括许多亚文化。中国人必然与马来西亚的华人后裔有着不同的文化背景，与在多伦多出生长大的华人有着截然不同的体验，同样，他们也会与刘宇昆这样的移民华人有着不同的经历。刘宇昆相信，尽管这些"华人"彼此间是如此不同，但却共同享有某种让他们自我认同为"华人"的特质，那是一种心灵上的遗产。

他说："我很庆幸能得到这样一份广阔而深刻的中国文化和语言遗产，这是一份美妙的礼物。"

　　我们同样庆幸，在奇点尚未降临的今天，有刘宇昆的《奇点遗民》陪伴我们去思考关于科技、关于人性、关于变革时代的怕与爱。

《公鸡王子》：
在理性未及之处，故事熠熠生辉

很奇怪，最近一两年读到觉得很厉害的国内科幻中短篇小说，大部分发表在豆瓣阅读上。这不是恭维的话，而是事实，大概也有自己阅读习惯变化的原因，但不可否认的是，许多原本就很成熟的作者，也被这个平台的某些特质吸引，将作品首发转到这里来。

但我更看重的是对于新作者的发掘和培养，往大了说，这是中国科幻的源头活水；往小了说，市场和读者都需要新的刺激。而在这一批"豆瓣系"的科幻新人里，双翅目便是其中最耀眼的几颗新星之一。

最早读到《复制时代的艺术作品》时颇为惊艳，标题对本雅明的明显致敬吸引住我，而文本中不疾不徐、精耕细作、

参见双翅目《公鸡王子》，东方出版社，2018 年。

处处用典的学院做派更是引人入胜。在这个快餐阅读时代，很多时候似乎存在一种刻意的误导，将精致、考究、耐人寻味的文字与"爆款""10万+""大众流行"树成水火不容的死敌，错将媚俗当通俗，误把简陋当简约。我始终有种顽固的坚持，我相信在这个时代，文学不应该成为游戏或者影视的替代品，提供即时性、生理性的刺激。相反，文学的功能在于"造境"，在于"隔绝"，在于"沉浸"。这种绵长曲折的审美认知之旅，需要旅人们做好相应的身心准备。它不是一道瀑布滑梯，脚一踩出溜到底，而是有起有伏的山路十八弯。

双翅目的科幻小说高级就高级在它提供了各个层面上的认知挑战与冒险。从内核上看，她谨守黄金时代的特点，每一篇都基于技术发展可能性所带来的"what if"（假如……那么……），如《复制时代的艺术作品》中的3D打印，《精神采样》中的大脑连接组及人机接口，《公鸡王子》与《空间围棋》中对于人工智能的探讨。在剧情推演上，双翅目的欧陆哲学学术背景赋予其丰富的精神资源及扎实的逻辑思辨能力，让她得以游刃有余地围绕着一个个"what if"铺排出变化多端却绝不落俗套的剧情线索，满足刷剧情派读者的欲求。而在文字上，双翅目操持着一种我称之为"深加工"过的翻译腔，流畅、精准、简洁却又不乏诗意，如同她所推崇的博尔赫斯、威廉·吉布森和特德·姜，时常让我停下来反复咀嚼字里行间所包含的丰富韵味，好读，但却不仅仅是好读。

也许是受哲学背景的影响，双翅目的作品绕不开的是对于世界的终极思考与发问，用台湾地区说法叫"大哉问"。对于艺术品的极致复制会否改变原作的唯一性？艺术的价值取决于物质还是无形的精神，边界何在？如果人类可以用植入脑中的芯片来分享种种体验、情感甚至超越性的顿悟，那么人类个体存在的意义何在？当人的意识被植入了"机器人三定律"，当人工智能能够领悟到围棋玄妙莫测的真谛，人与机器之间究竟如何共存，而所谓的智慧是否只是一种宇宙的幻象？

当今欧美通行用 Speculative Fiction 来统称一切包含幻想推测性元素的虚构作品，而 speculative 同样也包含思辨之义，这正是人类哲学生发的根基。双翅目坦言自己喜欢柏拉图、康德、德勒兹，不喜欢海德格尔，却因为做硕士论文对他最为熟稔。从双翅目的小说里，可以看到她的理性，以及尝试用故事去推演理性所无法企及之处。她相信万事万物以物质为基础，而物质的秩序却导向了某种超越性的存在，关于智慧，关于本体与客体，关于文明以及信仰，乃至禅。

在双翅目自诩为"哲学式缠绕"的叙事中，我们随着人

物由日常出发，不断深入世界的结构深处，像是循着埃舍尔
式的阶梯旋转、上升、回到原点，如孩童漫步于闪烁金光的
日落沙滩，拾捡新奇，得到领悟，遇见美。如同她在《精神
采样》中所写道的："记忆并不按照时序排列。它们中的大
部分都沉入时间长河，只有几个片段能够结成晶体，于日后
熠熠生辉。"

　　期待双翅目的故事晶体随时间生长，缓慢而坚定，形塑
中国科幻乃至文学新的河床面貌。

《流浪地球》：
一场中国式的末日想象

备受关注的中国科幻大片《流浪地球》正在全国各地展开预热点映活动，影片将在大年初一正式公映，与来自宁浩、韩寒、周星驰及成龙等老牌影人的贺岁强片展开争夺票房的正面竞争。这部电影之所以如此受到关注，一方面是因为长久以来中国大银幕上国产科幻类型片极其稀有，而来自欧美的科幻大片却往往受到观众热烈追捧；另一方面是因为电影改编自 2015 年凭借《三体》获得雨果奖的刘慈欣同名短篇小说，因此被寄予能够带领中国科幻电影打破以往既不叫好又不叫座的尴尬局面的厚望。

可以用一句话来介绍《流浪地球》的故事：未来，太阳

刘慈欣科幻小说《流浪地球》刊于《科幻世界》2000 年第 7 期，2019 年 2 月同名电影全国公映。

膨胀将吞没地球，人类不得不团结一致成立联合政府，建造遍布全球的巨大行星发动机，将整个地球推离现有轨道，前往宇宙深处寻找新的家园。在这一过程中，地球试图借助木星巨大的引力弹弓效应来加速，却反被一系列意外拖入木星引力场的深渊。地球上的人类即将面临灭顶之灾，一对分隔多年的中国父子试图在地球表面及太空站上实施看似不可能的营救计划，改变整个人类的命运，同时重新确认彼此间的父子情感联系。

这是非常典型的刘慈欣式宏大想象，在行星尺度上制造极端情景与终极抉择，以及由此而带来的崇高审美体验。

在提前看过影片的我看来，《流浪地球》的里程碑式意义甚至溢出了科幻电影的类型边界，将成为中国电影工业化进程中的标志性作品。除去符合科幻灾难类型片的紧凑情节与不逊于好莱坞的视觉效果之外，《流浪地球》最大的成就在于解决了一个困扰中国科幻电影多年的难题：如何将中国人和中国元素不违和地融入科幻设定中。

地球开始流浪之后，地表气温降到零下两百摄氏度，所有幸存人类只能进入地下生活。就在这些地下北京、上海、济宁的科幻城市图景中，依然保留着它特有的一些中国式传统——中学语文课堂上的琅琅读书声，欢度佳节的助兴舞狮，号召亲朋归乡团圆的广播电视……但倘若仅仅有这样一些文化符号与视觉元素，还只是表面文章，如何能够让观众产生结构性的文化共鸣与审美体验，这才是导演郭帆及其团队需要攻克的难题。

郭帆分享过一个小故事，2016 年他们去美国旧金山谈合作，虽然没谈成，但对方对《流浪地球》项目倍感兴奋。对方说你们中国人的想法很奇怪，为什么当地球出现大危机的时候，你们跑路都得带着家，带着地球跑？当时第一反应是中国房价太贵啦，大家得带着房子离开。

郭帆一开始觉得这只是个笑话，但往深处想一想，其实这体现了我们中国特有的文化。"西方自古以来就是海洋文明，不断往外走，面朝大海，仰望星空。而中国人几千年来都是面朝黄土背朝天，对土地有深厚的情感，每一寸土地都不能让出去，甚至可以为了土地而拼命。"

郭帆认为中国人对于土地情感的核心，应该变成中国科幻的一个基本形态。"什么叫中国科幻？寻找到一个真正能够表达我们文化内核和精神内核的载体，才能称之为中国科幻，不然的话，我们只是模仿别人讲一个同样的美式故事。"

而反映到《流浪地球》中，便是从"家庭—家国—家园"三个尺度上层层深入地继承了刘慈欣原作中"回家"的中国式精神内核。

实际上"回家"并不是中国文化独有的母题。奥德修斯漂泊十年，最终与妻子团聚；诺兰的《星际穿越》也是一个"回家"的故事，主角穿过了黑洞中的五维空间，最终回到了他的女儿身边；甚至连《2012》也包含回家主题：主角历经艰难险阻，与前妻修复了关系，最终还是回到了家庭之中。

那么，中国式的"回家"与西方式的"回家"有什么区别呢？

豆瓣网友、资深科幻迷 Tiberium 对此做出这样的区分：西方式的"回家"，实际上强调的是人回到了他的关系结构之中，也就是"回归家庭"；而中国式的"回家"，强调的则是回归地理上的家园。如陶渊明所说："归去来兮，田园将芜胡不归？"这里的"归去"，回归的是他的田园。而田园，代表的是中国人"来自"的那个地方，并非只是回归家庭关系或者旧有生活方式之中。在中国人的文化内核中，家乡这个地点，是最重要的部分。

因此《2012》里整个地球都毁灭了，主角面对的是一个新世界；《星际穿越》里人类则生活在空间站里；而到了《流浪地球》中，太阳系即将毁灭，但人类选择了带上整个地球一起流浪。整个世界都完全变样了，亲人都已经不在了，主角却依然要回到自己所生活的地下城度过末日时光；甚至承载着人类文明基因火种的太空站也不得不做出违背理性的抉择，宁愿牺牲自我，也要保存濒临崩溃的地球家园。

　　这是只有在中国式的科幻中才可能发生，并被受众毫无障碍接受的深层情感逻辑。而我也非常好奇当西方观众看到这一奇观时的反应，随着《流浪地球》的盛大上映，关于中国式末日想象的价值观与文化心理将被更加深入而广泛地讨论，也许它的意义将远远超出科幻电影这一类型的界限。

《赛博格中国》：
14亿赛博格行走的土地

    非常荣幸可以为我的好朋友弗朗西斯科·沃尔索的又一项成就写几句话作为序言。在过去的几年里，他以非凡的热情与执行力，在中国与意大利之间搭起了一座科幻小说的文化桥梁，出版了《星云：中国当代科幻小说选》《汉字文化圈》《开光》等优秀的意大利文版中国科幻小说选集。托他的福，我也得以走访意大利的罗马、米兰、威尼斯、博洛尼亚、雷焦艾米利亚、那不勒斯等伟大而古老的城市，并和意大利的读者、学者进行深入交流。这段美好的经历至今非常难忘。

    这本中国科幻小说选集《赛博格中国》（*ArtifiCina*）收录了一批更为年轻及新锐的作家作品，多半是近两年创作

参见中意双语版《赛博格中国：中国当代科幻小说选集》，弗朗西斯科·沃尔索主编，Future Fiction（未来小说）2019年出版。

发表的最新力作。它们集中展现了科幻小说家们对于一个急速变革的科技中国的思考与观察。中国毫无疑问将成为全世界范围内对新技术最为宽容开放的一片土地，人工智能、物联网、虚拟现实、区块链、量子计算、太空站……人们热烈地歌颂及拥抱着这一切，并相信它们能够带来一个更加美好光明的未来。这样的科技乐观主义精神似乎与科幻小说中的黄金时代紧密联系，也在刘慈欣先生的一系列作品中得到充分表达。这似乎代表着，只要经济与技术能够不断发展，中国就可以不断跨越各种障碍（包括中等收入国家陷阱），向着更高、更强、更快的目标前进。

而对于年轻一代的科幻小说作者来说，他们更为关注的是当技术无孔不入地进入我们的日常生活之后，将给每个个体的生活、情感与社会关系带来什么样的改变。尤其是在今天的中国，每一个人已经成为某种意义上的赛博格，手机与网络成为身体器官的外延，你无法想象一个人能够没有手机在中国的城市里生存下去。所有的数据、服务、监控、付款都与这个小小的设备紧密相连，因此，作家面临的更大的挑战是，如何在一个充满了赛博格的社会里去想象未来。

在这部作品集里，每一个人都作出了自己的精彩回答。在范轶伦的《城市之光》里，人类与赛博格共存在同一个城市空间，小说借助一个关于舞蹈的美丽故事，来探讨由此带来的阶层问题，赛博格是否只能作为低人一等的"造物"存在，它们是否享有同样的权利？赵垒在《共享偶像》中讲述了一个赛博朋克式的偶像养成故事，如果你的身体、性别甚至意识都可以被改造，以便于更好地娱乐大众，你会愿意这样做吗？需要付出的代价又是什么？这其实是对当下中国娱乐业发达、选秀节目泛滥现象的一次科幻式的反讽。在谷第的《画骨》中，来自中科院具有深厚神经科学背景的作家构建了一个充满反转与阴谋的嵌套故事，借助意识上传与身体共享的概念，来探讨人的自我、记忆与身份认同的问题。毫无疑问，这也是中国人进入社交网络时代之后所面临的巨大的改变，所有的人都可以成为任何人（至少在网络上），那么犯罪将如何界定？在年轻的王侃瑜的《消防员》中，人的意识可以被抽取出来，搭载在消防机器之上，弥补人工智能所无法完成的任务，而兄妹之情便在这种人与机器、意识与躯体之间的复杂互动中找到了回响。在这部选集最长的一篇作品《野兽拳击》中，曾经身为腾讯产品经理的彭思萌将自己的个人经历与情感代入作品，讲述了一个女孩如何通过虚拟现实拳击比赛，从迷失人生到重新寻找自我位置的故事。

这五篇小说代表了一种新鲜的声音和力量，能让更多并未身处中国的读者感受到快速发展的科技如何给人带来焦虑，例如对于身份、情感、阶层、自我实现以及价值观的焦虑。古老的中国正迫不及待地拥抱未来，奔向太空，然而脚下延续了数千年之久的土地以及扎根其上的每个人的情感却没有办法走得那么快。因此我们需要用故事，用想象力来记录下这个时代，为每个行走在这片土地上的人或者赛博格寻找可能的答案。

希望你们能够喜欢这些故事。

我们能否改变潮水的方向
——写在新版《荒潮》前面的话

2013 年中文版《荒潮》出版后，获得了不少文学奖项和评论界的肯定。但在内心深处，我却始终在回避着这样一个问题，我的写作对于贵屿有意义吗？对于那些忍受污染的人来说，能带来任何的改变吗？我甚至不敢再回到那个小镇，害怕自己终究不得不面对这样残酷的事实：我只是消费了他人的苦难来获取自己的名利，而主角们却依然在挣扎着。

六年过去了，事情就像滚雪球一样在慢慢地发生变化。

在文学世界里，中文版发表六年之后，《荒潮》终于盼到了英文版的上市，以及西班牙文、德文、俄文、日文等多国语言版本的翻译出版计划。在此要感谢我的海外经纪人谭光磊，他的耐心让这一切实现；刘宇昆，他不仅仅是

参见陈楸帆《荒潮》，上海文艺出版社，2019 年。

一名杰出的译者，更是完美的导师、顾问和朋友；我的编辑 Lindsey Hall，她极具洞察力的细致工作使得这本书能够以最好的状态呈现给读者；当然还需要感谢《三体》英文版编辑 Liz Gorinsky 的帮助以及已经去世的科幻传奇编辑 David G. Hartwell，是他最早从法兰克福书展发现并决定出版此书。还有许许多多的人需要感谢，在此不一一罗列，只希望这本书能够对得起你们给予我的慷慨帮助与长久支持。

而在现实世界里，中国在 2017 年发文禁止进口 24 类外国垃圾，贵屿就像小说结尾写的那样，进行了产业升级，建立了环保经济产业园区，让垃圾回收工人在更能保障健康安全与劳工权益的环境中工作。不那么乐观的方面是，中国正在成为电子垃圾生产大国，我们需要处理自己所产生的垃圾。而所有未能在本土被处理回收填埋的垃圾，都将从一个后院转移到另一个后院，也许是东南亚、非洲、南美洲。如果我们依然遵循着这种消费主义的生活方式，继续追求用完即弃的产品理念，也许我们终将难免承担垃圾所带来的无法转移、无可避免、不可回收的恶果。

我们都会变成垃圾人。

我甚至还收到了一封来自美国的读者来信，Anthony Martine，来自加州的贝克斯菲尔德，那是全美空气质量最差的一个地区。他在信里说：

"……我们（美国）把电子垃圾运到中国，丢弃在小城镇里。这太可怕了，当看到这个的时候，我感到完全麻木。我知道没有什么能真正阻止这个过程，即使我希望它停下。这是个远比我庞大的系统。直到今天，我还是尽量保留所有坏掉的电子设备，让它们留在这里……我们仍抱持着希望。你说得对：改变始于自我。"

我读到这些字句的时候深受触动，因为在这个世界的另一个角落里，有人因为读到我的小说，而开始关注地球上另一群陌生人的生存状况，甚至开始改变自己的生活方式和消费习惯。这是我以前完全无法想象的。为此我深受鼓舞。

"潮"在中文里既代表了海水在引力作用下的运动，也代表了我所根植的独特"潮汕"文化。有人称潮汕人为"东方犹太人"，大概是因为我的族人们习惯于冒险、迁徙以及经商，但同时又有极其顽固、保守、功利的一面。

作为一个海边长大的潮汕人，我深知潮水的力量是如何强大，潮水的方向如何难以改变。但至少，我们应该尝试一下，从改变自己开始。

《群星》：
如《2001：太空漫游》一般，
向人类文明发问

这次受八光分戴浩然老师之托给七月新书写序，其实心情是有点纠结的，纠结到甚至不敢问七月："喂，你真的想好要让我写序了吗？"直到七月不断在微信上敲打我"到底写好了没？！"，我才一边享受被催稿的快感，一边放下心开写。

纠结的原因无非有三：一是七月出道比我早，早在2003年便以一系列短篇《分身》《维序者》《另一种故事》在《科幻世界》上华丽亮相，而当时的他不过是个十八岁的如花少年；二是七月写得比我好，在2006年出版的中篇合集《星云IV：深瞳》里，由我主打的都市超能"科玄幻"《深瞳》备受批评，飞氘的卡尔维诺式科幻童话《去死的漫漫旅

参见七月《群星》，人民文学出版社，2019年。

途》广获赞誉，而七月的本土赛博朋克小说《无名氏》相较
之下则被忽视了——事实上，从那篇小说里就可以看出七月
的写作野心：庞大复杂的世界观架构、科幻经典元素的本土
化尝试、流畅激爽的叙事节奏……只不过由于篇幅所限，
无法施展出他所有的能量罢了。

在之后漫长的岁月里，七月逐渐淡出了科幻读者的视野，
写过几本奇幻，做过游戏创业，离开成都又回到成都，从一
个人变成两个人即将变成三个人……与此同时，中国科幻也
从姥姥不疼舅舅不爱的边缘状态变成了众人热捧的香饽饽，
大刘和《三体》成为国民级的 IP，而《流浪地球》也引爆
了 2019 年春节档的票房。

熟悉我的人都知道我有一个毛病，就是对科幻"老作者"
习惯性催稿，虽然不是编辑却比编辑还操心。我总是希望这
些当年一起从一片荒芜中便开始热爱着、耕种着中国科幻这
片贫瘠土地的"码农"兄弟姐妹能够重新回到前线，回到市
场的视野中来；希望他们把这些年的成长与积淀，以好作品
的形式回馈给读者，而不是让诸多披着科幻外衣蹭热点的
"劣币"驱逐了"良币"。

被我催的人很多，而嘴上答应得好身体却很诚实的作者
占了多数——年纪大了、孩子太小、工作太忙、想不出新
东西、怕丢人……都是他们惯用的理由。而真正拿出好作品

的，七月是一个。

《群星》就是这场盛大回归的开场致辞，它符合我判断优秀科幻小说的三大标准。

第一是提出重要问题。

在我看来，优秀的科幻小说不仅能让读者在阅读过程中产生对惯常世界的怀疑，更会在故事结束之后，将这些问题带回到真实世界，持续发问，引发更多的思考。从科幻原初的《弗兰肯斯坦》到经典的《2001：太空漫游》再到《群星》，无不在对人类文明发问。

我是谁？我从哪里来？要到哪里去？这终极三问同样是贯穿《群星》始终的大哉问。这些关于人类在宇宙间位置的问题被七月通过精妙的情节安排包裹，如剥洋葱般在读者面前层层展开。从江口镇的神秘事件引出威胁成都全城的恐怖袭击，由 FAST 接收到外太空信号，引出解答费米悖论的全新视角。在这一过程中，读者对于宇宙与人类的认知被逐一颠覆，直指恐怖的真相；而随之而来的道德抉择困境又带来令人战栗的崇高感，那正是科幻的精髓所在。

第二是陌生化的审美体验。

也就是所谓的"惊异感"。优秀的科幻小说应该有一种想象力与创造力，需要带来一些新的奇观，一些新的审美体验，这种体验跟我们的日常经验完全不一样，它是有距离的、陌生化的。它可以是《神经漫游者》里的赛博空间，也可以是《黑暗的左手》里雌雄同体的冬星社会，总之它要让人眼前一亮，觉得开启了一扇通往新世界的大门。

在七月的《群星》中，我们可以看到小到基因改造的密码，大到宇宙万物的基本常数，都被逻辑严密的世界观构造组织起来，围绕着"构造体"这一核心科幻概念，绽放出令人无限遐想的惊异美感。甚至连人类科技树的分岔所带来的地缘政治、经贸格局乃至社会阶层文化上的异变，也都与之紧密关联，这需要巨大的知识储备与超强的推演能力，可七月仿佛信手拈来，不费吹灰之力。同时，他不忘将许多经典的科幻元素植入其中，例如克苏鲁神话、戴森球假设等等，让人在陌生的语境下寻见熟悉的符号，莞尔一笑，建立起属于科幻领域的想象共同体。

第三是情感上的联结共鸣。

科幻如何"出圈"走向更广阔的大众市场，在我看来，它必须与每一个读者建立生活语境与情感上的联结，使其产生共鸣。即便它描述的是亿万光年之外的外星系，甚至并非从人类的视角出发，但归根结底，科幻是给每一个活生生、有血有肉的人看的，它必须能够打动人心，引发共鸣。

《群星》在这点上无疑做得非常出色。尽管讲述的是未来历史，但在七月笔下，一座立体的充满了真实感与烟火气的成都跃然纸上，所有的人物行为与情感也都有接地气的根基。而主角汪海成作为一名天文物理学副教授，他对抗庞大系统的动机却来源于一次荒谬的购房纠纷，这一设置不仅增强了现实感，更以俗世生活之渺小之琐碎，与宇宙真相之浩渺之悚然两相对照，让每一位读者能够深切代入，体会到在人类历史关键节点上做出艰难抉择的切身感受。这让小说的感染力更进一层，甚至超出了类型文学的边界。

七月正在步入他创作的黄金时期，《群星》只是他回归创作之后的第一炮，他丰沛的创作力和极高的效率让我们期待接下来即将陆续面世的作品，而中国原创科幻的版图也将发生改变。

说到这里，也许已经有读者发现，不是说好纠结的原因有三吗？第三点呢？

并不是我这个文科生数学太差，而是故意将纠结的最后一点放在末尾：认识七月太久，夸赞朋友总是容易用力过猛，需要把握好分寸。所以序言写到这里，我也该停笔了，把真正的舞台留给我们的主角——七月。敬请各位用心欣赏。

《莫比乌斯时空》：
科幻时空的法度之美

　　乔治·R. R. 马丁说过，写作分两种，一种像园丁一般，在土里播种、浇水、施肥，任其自由生长；另一种则如建筑师，一砖一瓦都严格按照既定蓝图，严丝合缝，砌墙立柱，雕梁画栋，而后成为或巍峨或精巧的建筑。可以说，大多数作者都是介乎两者之间，只是比例不同。

　　这当然与每个写作者的背景、心性、审美相关，但写作就像一场没有目的地的旅行，每一个人其实都是在边走边看，寻找最适合自己的创作方式与风格。这一过程往往艰难，经年累月，挫折不断，但一旦有了突破，那份内心的狂喜与呱呱坠地的成果，便会让人感慨"终于找到你"，所有的艰辛与痛苦也都功不唐捐。

参见八光分文化微信公众号书评专稿（2020 年 4 月 8 日）。顾适《莫比乌斯时空》，新星出版社，2020 年。

从顾适的第一本个人选集《莫比乌斯时空》之中，我便清晰地看到了她所历经的这一追寻之旅，并由衷为她所寻找到的宝藏及所驻足的风景高兴。

顾适本职是一名城市规划师，这是面向未来的职业，要求极高，文理兼修，更需要有一种兼顾细节与全局均衡性的思维眼光。从这本集子里，我们可以明显看到这种城市规划思维的投射。

这些故事可以被粗略地分成两类，一类可以称之为"模块试验"，比如《强度测试》《A计划》《倒影》《娜娜之死》《最终档案》等，每一个故事就像是一个小小的构件，测试的是其设定、其结构、其人物、其语言，就像是一座城市的交通、供电、水暖、安防、医疗……每一个模块都有自己特定的功能，而测试的目的就在于看它是否能够运行良好，经得起负荷与考验。

另一类则可以称之为"整合蓝图"，比如《嵌合体》《赌脑》《野渡无人》《搬家》等。在这些故事里，我们可以看到顾适将模块试验中经过验证的不同元素，整合进一个大的框架中，成为更加完整、有血有肉、功能齐备、运行良好的故事之城。在这些故事中，从设定、人物、情节、情感到理念都高度自洽，层层嵌合，如同齿轮相互咬合的精密仪器，带着读者的心智与情绪，一步步走向作者精心设定的终点，起承转合，宛如一体。

当然，尽管创作的阶段、出发点不同，会让这些故事呈现出不同的完成度，但有一些共同的特质却不容忽视，如日光下的晶体熠熠生辉。如对于时空结构的迷恋，在《莫比乌斯时空》《时间的记忆》中都有千姿百态的变奏；如对于法度均衡、对称、精准的古典美学追求，则通过《嵌合体》中古希腊式的人物关系设置，《赌脑》中的交响乐节奏安排，以及遣词造句间的高要求不妥协，绝无一般科幻作家的粗糙潦草用笔，都可见一斑。

从这本自选集中，我们也可以看到顾适创作风格的日渐成熟与丰富多元。在新近创作的《〈2181序曲〉再版导言》中，她尝试了更为复杂的时间线索与叙事结构，探讨关于太空旅行中冬眠技术所带来的一系列冲击，这些冲击有技术上、经济上的，也有情感与伦理上的，甚至在小说里，她将自己的职业也投射其中，在土卫六上打印一座城市，令人惊叹。

顾适的创作一如其人，沉着、淡定、不疾不徐，又极有自己的方向感与追求，我想这可能与她城市规划师的职业身份不无关系吧。这样的严谨态度与自觉性，理应能帮助她规划出更宏大的想象世界，构建起更令人惊叹又充满法度之美的科幻都城。

我期盼着那样一座故事之城早日落成。

《触摸星辰》：
非常硬，非常美

你即将翻开的，是一本挑战国产原创科幻"硬度"上限的作品。

所谓软硬之分，从 20 世纪吵到 21 世纪，一直是在各种科幻活动、论坛、采访上被高频提及的概念。暂不论这种简单粗暴的二分法在 21 世纪的今天是否仍然存在合理性，单单在对"硬"的理解上，便已是百家争鸣，难有共识。国内读者多以大刘式的宏大宇宙社会学为硬，却以厄休拉·勒古恩打破性别二元论的《黑暗的左手》为软；以黄金时代星辰大海纵横光年的太空歌剧为硬，却以特德·姜建构于数理逻辑或语言学核心的精妙杰作为软。

可见很多时候，"软"与"硬"也仅仅是一种审美偏好

参见邓思渊《触摸星辰》，四川科学技术出版社，2020 年。

或认知建构，归根结底还是得回到文本，回到故事本身，要软得恰如其分，硬到适得其所。

《触摸星辰》在任何一个层面上都堪称硬派科幻的典范，在我看来，它所继承的硬是尼尔·斯蒂芬森式的极繁主义美学，无一处概念用典无出处，甚至将工程学上的实现路径与方法都掰开揉碎，如数家珍。这样的写法，可谓是八极拳，朴实刚健、直来直往，绝对不花拳绣腿糊弄了事，当然要比直刚程度可能还算不上军体拳。这么写当然费劲儿，而且容易不讨好，但是比起诸多披着"硬科幻"外衣内里却是胡编乱造的作品来说，它拥有着非常珍贵的品质，那就是逻辑条分缕析，环环相扣，你甚至怀疑作者是不是拿着思维导图构架的小说。

这与作者邓思渊本人的背景与气质密不可分。

我第一次见到他本人还是在 2012 年的芝加哥，那时他还是个数学系的学生，背着斜挎包，一副膀大腰圆的理科生模样，热情地请我和夏笳老师吃当地的特产比萨。后来他回国当起了科技记者，负责报道游戏及科技动态。再后来机缘巧合，我们成了同一家科技创业公司的同事，专门做动作捕捉和虚拟现实方面的产品。思渊学识渊博、知无不言、言无不尽，对技术有种近乎狂热的痴迷。接着他跑去创业做自己的虚拟现实游戏，创业失败又回公司，如此折腾几回，《触摸星辰》便在这人生折返跑的过程中慢慢呈现雏形。从原来的五万字，到现在最终面貌的十五万字，变化巨大，我提过不少意见，也可以看出思渊在不断地寻找着概念与故事、技术与情感之间的平衡。

人类是否具有自由意志？这是一个哲学与科学上的终极命题，甚至与美学也相关联。思渊深深着迷于此，他曾经不止一次地提起过彼得·沃茨的经典之作《盲视》，并为其核心观点深深着迷。而在《触摸星辰》中，他将这一议题进行更大胆、更具有野心的延展，并把它放置在人类命运的交叉路口——与超级外星文明进行接触的当口，而最后的解释更是超越了人类中心主义的立场而具有了更为"飞升"的视角。

谈到飞升，便不得不提起本书为科幻小说中国化所做出的突破性尝试。在其中的一条叙事线索中，你将会看到"灵霄派"与"昆仑派"弟子们仿佛打破次元壁从武侠甚至玄幻世界穿越到科幻世界的种种不可思议的剧情，而这些具有浓烈东方武侠世界观色彩的建构，最后竟然能与科幻线无缝衔接，并留下更广阔的想象空间。我甚至想，或许从此中国科幻便开启了一门可以称之为"修真科幻"的亚文类，为世界科幻作出应有的贡献。

《触摸星辰》虽然硬，但绝对不难啃，其中表现的人类闪光意志与柔软情感，绝对会让你联想起一些经典的军事小说或电影。对了，差点忘记提，邓思渊是个不折不扣的军迷，因此在这部小说中，你将看到的也许是对未来太空战争形态的最准确的预测与描写。

　　还等什么呢？赶紧翻开书页，享受这一场前所未有的人类自由意志之战吧！

《忘却的航程》:
让科幻回归创世的感动

第一次留意到"分形橙子"这个名字应该还是在 2019 年,像是突然爆发的超新星,他在新晋平台"小科幻"App 上发表了多篇作品,其中《忘却的航程》还获得"千里码"当期读者票选冠军,这是类似于同题创作比赛的形式,倒逼作家在给定命题和有限时间内完成作品,并接受读者的裁决。

同样的事情我在二十年前也干过,当然当时的许多网络论坛和网站如今已不复存在:大江东去、太空疯人院、桑桑学园、清韵书院……互联网升级进化的巨浪像压缩在几十年间的地质变动,一层层将数字遗骸掩埋入比特深渊,但仍然有一些东西被保留了下来:一股关于创作的热情与冲动,一

参见分形橙子《忘却的航程:分形橙子中短篇获奖科幻作品集》,文化发展出版社,2021 年。

些愿意付出时间精力去耕作一片小小精神自留地的年轻人，一篇又一篇书写幻想、创造世界的文字。

巧的是，2000 年前后我开始在网上冲浪时，用的网名是"发条橙"，为了向心中的大师库布里克和伯吉斯致敬，而在认识分形橙子后得知，他的笔名同样源于此，可谓心有戚戚焉。

在短短一年内，分形橙子以迅雷不及掩耳之势入围光年奖、华语科幻星云奖，拿下包括冷湖奖、晨星奖在内的诸多重量级奖项。也许有人会诧异于这个"新人"火箭般的成长速度，但倘若了解他的经历，便会理解也许这些荣誉并非来自偶然。

早在大学时，分形橙子便任华中科技大学科幻协会会长，2007 年莺啼初试，在《今古传奇》发表短篇科幻小说处女作，后来在爱立信与华为等通信企业工作，长期外派，于是中间与科幻创作断了十年的缘分，直到 2018 年回国，加入星海一笑所创办的"小科幻"App 团队，以草根自发力量传播科幻资讯，组织、鼓励、出版科幻作品。而分形橙子在重拾起幻笔之后一发而不可收，呈火山喷发之势，只因那团热爱之火并未真正熄灭，只是在地底休眠。

于是便有了您眼前的这本集子，收录了分形橙子"二次出道"的八篇代表作，让我们得以一窥这位"老萌新"的不凡实力。

在我看来，分形橙子的作品很明显地可以追溯到 20 世纪美国本土的黄金时代风格，包括中国读者耳熟能详的"三巨头"阿西莫夫、海因莱因、克拉克，以及一系列带有浓厚科学主义色彩与理性主义信仰的作品。回归到历史现场，由于二战影响，美国举国科研力量投入火箭、原子能与太空探索，借助经典物理强大的解释模型，理论研究对科技实践产生不容置疑的引领作用，而科学强国、技术争霸更是成为普通美国人日常生活的一部分，这给了黄金时代风格科幻小说一个历史性的发展契机。

而这与二十世纪八九十年代到当下的中国社会主流基调产生了奇妙的共振与回响。包括刘慈欣、王晋康、何夕等大家正是遵循着黄金时代理念，创作出一系列探寻宇宙终极之美、激荡科技人文思考的经典之作，并将中国科幻带向一个全新的历史高峰。毫无疑问，分形橙子将成为这一序列潜力无限的继承人。

《空行母》[1]与《雅努斯之歌》都是经典的"异星探险"

1　《空行母》收录于科幻作品选集《起源之地》（分形橙子等著），航空工业出版社，2021 年。

故事，讲述人类到达遥远的异星进行科学考察，发现与传统认知全然迥异的生命形态所引发的震撼与思考。分形橙子扎实的科学功底在此处显露无遗，无论是一半冰原一半火焰的雅努斯星球，还是 WASP-39b 上铺满水晶卵球的粉色玫瑰湖，他都以细腻笔触将来龙去脉——道来，这种行星尺度上"宏细节"的把握能力，正是黄金时代风格最具科幻美学感染力的核心技能。更不用说两篇作品中分别创造了极富创意的异星生命及文明形态，甚至颠覆了人类惯常的时空观念，是从坚实的科学悬崖上所做出的惊人一跃。为避免影响诸位读者的观感，在这里便不过多剧透，留待看官自己细品，想必定会深受震撼，甚至可以比拟詹姆斯·布利什经典之作《事关良心》。

黄金时代风格还有一个特点，即往往围绕着某个特定的核心科技突破展开想象，借以探讨人类个体与社会在这种"what if"到来之时面临的种种巨大挑战。比如《落日》中的纳米技术、《逃离伊甸园》中的人体冷冻与 AI 奇点、《提托诺斯之谜》中的基因编辑与永生，便是最好的例证。尽管话题并不新鲜，但在分形橙子的笔下，总能呈现出高度的真实感与悬念丛生的强大故事张力，让人不禁要随着主角的命运去探究、思索、追问更多。也由此，我们回归到现代科幻小说诞生的原点——《弗兰肯斯坦》所提出的大哉问：人类究竟有没有权力借助科技的大能，去修改、创生甚至消灭其他个体甚至种族的生命？它必将伴随着科技的狂飙突进而如幽灵逡巡不去，分形橙子借由这几个迈克尔·克莱顿式的科技惊悚故事给出属于他自己的回答。

在经典的黄金时代风格基础上，分形橙子同样也进行了有益的创新与试验，如同所有的作家一样，我们都是经由模仿，逐渐尝试寻找属于自我的声音与道理，期望终究有一天形成独一无二的文风。

在《潜龙在渊》中，他回归历史，以典雅古朴的文字重新讲述了郦道元在家国忧难的夹缝中寻找"龙"这一神话生物的故事，令人慨叹不已。

在《死亡之书》中，他挪用了盗墓小说与 RPG（角色扮演游戏）的模式，探索在埃及神话语境下，渺小的人类与意图毁灭地球的超级智慧之间如何斗智斗勇。

在《忘却的航程》中，他大胆以童话与现实穿插的形式讲述一个未来人类如何重新发现真实历史并把握命运的故事，而最后你会发现它与《流浪地球》之间存在丝丝入扣的互文关系，不禁拍案叫绝。

在所有这些故事中，我印象深刻的是分形橙子对于不同文化语境中神话意象的化用，无论是中国、古埃及、古希腊、古罗马……他总能信手拈来，妥帖运用，除了能够将生涩的科学概念进行通俗易懂的类比，以降低认知门槛之外，这些神话、诗歌、童话、意象毫无疑问也为故事本身增添了文学性与审美意味，甚至给人带来一种类似于创世的原初感动。

这便是科幻能够触动人心的原因。

我想，为何在暂别十年之后，分形橙子依然不离不弃地回归科幻，或许便是为了重温这种扮演上帝的纯粹快乐和满足吧。也期待他在未来的创作道路上，不忘初心，摸索前行，继续带给我们更多属于想象力的美好与惊喜。

"她科幻"：
未来属于她们

　　人们大概已经忘了，公认的第一篇现代科幻小说出自一位女性之手——玛丽·雪莱。

　　近两百年来，作家们一直有意识地使用科幻小说来戏剧化当代女性所面临的复杂问题。比如，早在一个世纪以前，美国作家夏洛特·帕金斯·吉尔曼的科幻小说《她乡》便通过塑造单性繁殖的女性乌托邦来深入探讨人类社会存在的各种议题：社会结构、经济、教育、宗教、生育，甚至环保。

　　然而长久以来，科幻都被视为"大男孩"的逃避主义文学，甚至许多读者会对科幻产生性别刻板印象。20世纪的欧美科幻文坛长期因为"老"（老年）"白"（白人）"男"（男性）作者占据主导地位饱受诟病，科幻杂志及出版社甚

参见"她科幻"丛书，陈楸帆主编，航空工业出版社，2021年。

至一度拒绝女性作者，女性作者需要化名男性才能得到发表作品的机会。直到近五十年，女性主义运动与平权运动不断兴起，这种情况才有所改变。

二战以后，越来越多的女性作者转向科幻小说创作，因为这种兼具"颠覆性"与"思想扩展性"的类型文学为她们提供了更多的社会参与和美学创新的机会。她们的主要关切点之一是将女性纳入科幻小说的未来，创造出活跃的、真实可信的女性角色，而不是过去的科幻小说中经常出现的那些可有可无的女性角色。

正如厄休拉·勒古恩在《美国科幻及其他》（1975 年 11 月）中所指出的那样："妇女运动使我们大多数人意识到，科幻要么完全无视女性，要么把她们当成是受到怪物强暴的尖叫娃娃……最好的情况，也不过是才华横溢的主人公身边忠诚的妻子或情妇。"

而这种女性思潮所带来的，是科幻领域中社会学想象力的解放。

"银河郊区"这个词是女性主义科幻小说家乔安娜·罗斯创造的，许多科幻故事在想象狂野的未来新科技方面做得非常出色，但却完全无法展现新科技如何改变社会结构。因此，能在太空定居的未来世界，拥有各种新奇科技元素和上层建筑，但每个人仍然生活在异性恋家庭中，每家都有两三个孩子，看起来就像是 20 世纪 50 年代的美国郊区，而且性别和性别关系一点也没变……这是不合理的。因为每当科学技术发生变化，社会必然会随之改变。

厄休拉·勒古恩、奥克塔维娅·E.巴特勒、查莉·简·安德斯、N.K.杰米辛……这一系列不同时代的杰出女性作家通过自己的想象性叙事，不断探索性别与权力的边界，以此反思现实世界中的女性权利与地位，从观念与行动上去推动社会性别平等与尊重的变革。

而其中怎么能少得了中国女性科幻作者的声音？

新中国成立以来，妇女解放运动的伟大进步和成就举世瞩目，但到了 21 世纪的今天，无论在现实层面还是文本层面，仍然存在着诸多不尽如人意之处：制度性的性别歧视与不平等、大众文化中的男性凝视与刻板印象，甚至是物化、符号化女性的媒介消费主义……都让我们觉得，这一切还都任重道远。

回顾过去的一百年中，科幻小说尤其女性主义科幻小说的作者采取了不同的方法来批评性别和性别社会，成为西方女性主义运动的重要力量。科幻小说为作者与读者提供了想象世界和未来的机会，在这些或然世界和未来中，女性不受现实中存在的标准、规则和角色的束缚。

相反，这种体裁创造了一个空间，在该空间中性别二元论可能会受到质疑，读者得以探索完全不同的性认知、性别定义与性权力运作的方式，并得到鼓舞与力量。

中国科幻的这一波浪潮兴起也不过短短二十年，我们需要听到更多女性的声音，需要看到更多关于性别议题的书写以及从想象性叙事映射到现实生活的文化影响。

因此，有了这样一套丛书，记住这 24 个名字（按首字母顺序排列）：迟卉、陈虹羽、程婧波、陈茜、曹曙婷、段子期、顾适、郝景芳、凌晨、靓灵、廖舒波、孟槿、念语、彭柳蓉、彭思萌、苏民、王侃瑜、王诺诺、吴霜、夏笳、修新羽、亦落芩、赵海虹、昼温，以及她们所带来的 48 篇精彩杰作。

在我看来，她们的作品并不需要我这样一位男性以所谓的"主编"之名，去挑选和评判，她们的文字与想象自足完满，如一颗颗生机盎然的星球兀自旋转，折射出宇宙至真、至善、至美的光彩。

之所以勉力草就此文，只因为其中有许多与我相识超过十年的老朋友，当然也有素未谋面的新星，以此表达敬意。挂一漏万，她们肯定不是中国女性科幻作者群体的全部，但希望借由她们的声音，传递出一种信号：我们的未来需要更多女性的力量。无论是在想象中还是现实里，这样的力量能够互相激发，联结成更强大的整体，引领我们上升。

未来属于她们，她们也属于未来。

《沉默的永和轮》：
一场真实的或然历史

  梁清散是科幻圈里的一个异类。之所以这么说，是因为从短篇《遛噢噢》《扣带回素》《济南的风筝》到长篇《厨房里的海派少女》《新新日报馆》系列，他的创作被打上科幻的类型标签，却又始终在挑战着所谓"原教旨主义"或者"核心"科幻读者对于这一类型的想象与定义，不断地打破边界，带入更多令人兴奋的元素。

  在这部最新的《沉默的永和轮》中，梁清散再次为我们带来全新的期待。故事讲述了两名不务正业却又相互支持的业余侦探受托调查一桩发生于日俄战争时期圆明园后湖上的神秘命案，却在对文献资料的不断挖掘考据中触及了更超乎想象的真相。令我感兴趣的有两点，一是梁清散对于科幻加

参见梁清散《沉默的永和轮》，人民文学出版社，2021 年。

推理类型的融合，二是以考古学的方法重塑历史的野心。

科幻与推理类型的融合近几年颇为多见，如付强结合硬核物理学与推理的《孤独者的游戏》和《学姐的秘密》，比如以推理出道的陆秋槎转战科幻创作的《没有颜色的绿》都颇有可观之处。可以说在这两个类型之间天然存在着某种叙事模式与美学风格上的契合之处，它们都需要读者调动想象力与逻辑能力，从字里行间"脑补"出并不存在的时空，并分析、重演、推理情节的种种可能性。梁清散作为资深的推理小说迷，对于各种密室杀人、叙诡、草蛇灰线般的信息透露与铺排，自然不在话下，因此有了这部非常地道的推理小说。

但在《沉默的永和轮》中，梁清散对读者提出了更高的要求，他大量引用文献档案，甚至囊括对器物的考据、空间的重构、历史事件的不同视角，来推进线索的收集和谜团的解答。其中虚实相间，真假难辨，但其对于细节的考究，对于文本真实性的追求，已经逼近于所谓"或然历史"的程度。与追求最大程度逼近写实的现实主义或高度抽象隐喻性的现代主义不同，或然历史最大的特点在于将"明确的虚构"作为"确定的真实"来进行书写，甚至追求在文本层面上构建出一条全然不同的历史时间线分支。这也是最为考验作者历史视野、考据功底以及文本虚构能力的一种科幻子类型。

梁清散没有让我们失望，最后的谜团揭晓也足够震撼。读完之后，我仿佛看到一艘飘摇在百年之前、承载着各派人物野心与命运的永和轮之上，闪烁着更宏大、更异色的历史想象。让我们继续期待。

当我们在想象机器人时，
我们在想象什么
——评《劳工品种指南》

今年是"机器人"概念诞生 100 周年，它来自卡雷尔·恰佩克 1921 年在布拉格上演的戏剧《罗素姆的通用机器人》（最初出现在捷克语中）。直到 1923 年"robot"才进入了英文，但在舞台上，那些化学面团的造物从功能与设计上都更接近于《星际迷航》中的船员"数据"——拥有与人类几无差异的外观，可以 2.5 倍的速率高效工作，让人类主人得以从劳作中解放，享受闲暇时光。事实上，在捷克语中，"robot"的原文"robota"便包含"奴隶"之义。

与我们当下习以为常的扫地机器人（往往没有小时工好使）、酒店送外卖机器人（经常和住客抢电梯）、微软小冰（被赋予了东亚少女虚拟形象）、波士顿动力会翻跟头和跳

参见《外国文艺》2021 年第 6 期。

舞的机械人（或机械狗）等不同，科幻世界里的机器人（如
《终结者》《2001：太空漫游》《机械姬》）冷酷无情，
无论是智力或体力都远超人类，它们视人类为蝼蚁，处心积
虑想要清除这一低等物种。正如在恰佩克的想象中，戏剧的
高潮来自机器人杀死所有人类。

很难说这样充满恶意的他者想象是否只是人类阴暗内心
的外部投射，毕竟从大航海时代以来，人类一直在处理着如
何与异族共存相处的问题，结局往往是血腥而残酷的。从阿
西莫夫的《我，机器人》到莱姆的《索拉里斯星》，从布莱
恩·阿尔迪斯的《超级玩具的最后一夏》到菲利普·迪克
的《仿生人会梦见电子羊吗？》，无论技术上如何探讨算法、
逻辑、感官、测试、交互、自然语言理解、恐怖谷效应……
最终都会陷入歧视、压迫、剥削、奴役的资本主义权力结构
想象。这篇出自新加坡作家维娜·杰敏·普拉萨德之手的《劳
工品种指南》也不例外。

选择形式上最为精简的对话来结构全文，是取巧也是挑
战。取巧的是无须耗费笔墨在"外部世界"的构筑，如角色
外形、所处环境、彼此互动。但也是挑战之处，如何在你来
我往的言语之间刻画出不同的角色性格，哪怕是"机器人
格"，从而让读者的想象力得以代入、填补、增殖出言犹未
尽的语义空间。事实上，这恰恰是当下人工智能自然语言处

理中最为关键的瓶颈，即如何让机器理解一个词在不同语境中的情感色彩与指涉，并作出准确的反应。比如一开场围绕"狗影"与"阴影"产生的误解便是一例。目前来说，机器尚未足够聪明到应对所有来自人类的诘难，我们依然能够在几个回合的对话之后轻易觉察客服电话背后究竟是人还是程序，21 世纪的图灵测试尚未被攻克。

小说一开始便巧妙地设置了角色之间的权力关系：师傅／学徒。通过更换姓名的小细节来展现机器人的自主意识逐步觉醒，从"默认名（K.g1-09030）"到"可以呢主人（K.g1-09030）"再到"克利凯灵缇狗（K.g1-09030）"，我们看到了一个主体意识逐渐由出厂设置到社会性的身份认同，最终抵达一种更为纯粹的情感投射——对犬类的喜爱。这同时也是它的师傅"刺客（C.k2-00452）"所经历的历程，由 C.k 系列首字母进行自我命名，因为"大多数人工智能机器人都根据自己的系列字母取名"，再经由插叙信息揭示其社会性身份的吻合——以杀戮竞赛为目的的刺客，再到小说的结尾，它选择了跟随徒弟，将名字改成"宠柯基（C.k2-00452）"，只因为它最喜欢宠物视频中的零重力柯基犬。由此权力关系的扭转，我们可以领悟作者的良苦用心，与其说这些机器像人，倒不如说人就像机器，在社会化的过程中逐渐迷失自我，不断将外部的价值框架（公司、职位、财富、技能……）内化为自我的身份认同，但在经历一次又一次的错置与撕裂后，终究会回归内心，学会尊重存在的本质——一种德勒兹式的"欢愉的智能"。

2021 年的诺贝尔生理学或医学奖颁给了戴维·朱利叶斯和阿登·帕塔普蒂安，他们的工作帮助人们理解能够感知温度和触碰的神经脉冲是如何产生的，这或许开启了一道通往小说中所描绘的未来之门。尽管刺客（C.k2-00452）的机体无法消耗类似煎蛋那样的有机食物，但并不妨碍它们能够通过各种食物料理测试来获得那样的机体。同样的测试将用于任何需要机器人具备嗅觉与味觉的工种。在小说的末尾，可以推断出克利凯灵缇狗（K.g1-09030）已经拥有了这样具有人类复杂而微妙感官机能的高级机体，因为它在做拿铁时需要用阿拉比卡咖啡豆还是利比里卡咖啡豆之间产生了犹豫。正是这种犹豫，赋予了机器人一种迹近人类的神力——通过鼻子上的四百个气味受体，分辨一万亿种气味的能力。而只有当机器人具备了所有这些人类感官功能之后，它们才具备了被进一步剥削与奴役的价值。哪怕对于它们自身的硅基/钢铁机体来说，这样的感官显然是冗余而无用的，它们更应该发展出的是嗅闻电磁风暴，触摸中微子流，捕捉远在可见光谱之外频率的"超人"能力。然而这样的能力并不在人类所能恣意利用的范围之内，那是一种失控的危险。

回到小说中最具反讽的一笔,"可以呢主人(K.g1-09030)"被老板要求粗暴对待人类顾客,因为"那样做也许能吸引更多顾客"。师徒两个机器主体之间的情感羁绊恰恰是通过无情嘲弄人类潜意识中根深蒂固的萨德主义来建构的。由此,剥削成了一种溢出资本主义阶级建构之外的本质性存在,人类不仅在剥削机器人,且同样在享受着一种韩炳哲式的自我剥削,并乐在其中。

在中文里,我们将"robot"翻译成"机器人",哪怕这样的智能主体既不是由机器组成,也不具备人形。这或者正是所有关于机器人的科幻小说难以摆脱窠臼的宿命。最终,我们的矛头总是指向自己的心脏,而不是充满陌生感与敌意的"他者"与远方。

超越赛博朋克的未来想象
——《菌歌》创作谈

　　疫情期间我去了内蒙古、甘肃、云南、贵州的一些比较偏远的山区，试图理解科技比如高速公路、互联网、矿厂、发电站、数据中心、大口径射电望远镜等如何改变当地人的日常生活以及传统习俗。其中当然包括对经济与教育环境的改善，但也有对语言、风俗、信仰上的冲击以及对生态环境、生物多样性的影响。令我印象深刻的是在贵州侗寨与当地人聊天，他们会说到，现在的年轻人更多地会把传统侗族"喊天节"视为一种吸引游客的民俗奇观，而并非祈祷风调雨顺、鱼米丰收的信仰仪式，其中一部分原因便是全球气候变化导致的降水异常。

参见《收获》微信公众号创作谈专稿（2022年6月26日）。《菌歌》刊登于《收获》2022年第3期。

这种经常被简单化约为"进步"的现代化故事并非事实的全部。全球范围内都在讨论如何让原本处于地缘政治中不利位置的地区与民族摆脱经由科技霸权再次加重的结构性不平等，以及科技如何帮助这些地区及人民复兴多元文化，建立循环经济以及恢复生态多样性，不至于落入全球资本主义的逻辑链条末端，沦为发达国家转移低端劳力、环境污染与文化剥削的"别家后院"。

这又让我想到了赛博朋克近年来的回潮。

作为一种亚类型，赛博朋克于 20 世纪 80 年代在美国兴起，有非常强的美苏冷战背景，再加上消费类电子、后工业时代、信息革命涌现，跨国企业、军工联合体、日本作为他者文化崛起。而在当下，我们会发现这样一个命题更加地贴近现实。赛博朋克这个由"控制论＋组织"组合成的概念，意味着人在一个高度信息化的控制论社会里，不断地受到数据流反馈环路的操控，无法抵抗地变成大系统的一部分。人的自主性、尊严、价值感被算法削减。包括项飙提到的困在系统里的人，外卖小哥受到算法的驱使，像上紧发条的机器，更快地赶路，不停完成订单。赛博朋克是关于反英雄的个人或团体，通过无政府主义的技术革命，来对抗大系统的数据奴役与压迫的叙事。然而，这种充满马基雅维利式权谋、对抗、牺牲的世界观设定，是否真的能够带来一种建设性的解决方案，哪怕只是在想象的世界里？对此我深表怀疑。

我们能否创造出一种新的叙事，来共振、调解、整合存在于历史与未来、科技与人文、先进与落后、本土与世界、硅基与碳基之间的种种二元对立关系，来给予人们一种超越性的技术想象力，展望一种崭新的未来社会图景？

《菌歌》或许便是这样的一种不成熟的尝试。小说通过苏素与阿美的双重视角来展现少数民族村落被接入"超皮层"的过程，这既是技术、经济的融入，也是文化、心智的转型。而在这个过程当中，在数据主导的未来社会里，弱势群体将会变得更加弱势。因为采集数据的偏差、算法歧视及不可解释性、算力不平等、数据隐私与伦理等问题，将会在未来被放大到难以想象的地步。归根到底，我们当以什么样的标准、什么样的价值参照系去创造出系统与算法，从而让技术普惠性地为每个人而服务，而不是为了某些特权阶层、精英群体去设计？其中，本地性知识、信仰与仪式、情感与社群都是非常重要的文化传承的一部分，它们理应也被纳入数据、算法考量的范围，而不仅仅被当作一种点缀、奇观甚至能够弃之如敝屣的时代遗迹。

小说的结尾呈现出某种开放性，寄托了我对超越赛博朋克的期望。

在我看来，科幻本应是最为开放而先锋的类型，是如阿米巴虫般不断变形、吸收、融合、超越类型界限的"超类型"。无论是偏重"科技"或是"人性"，都无法完美呈现科幻微妙而复杂的波粒二象性，或许答案存在于两个关键词中间的空白或是连接号"-"，是断裂也是交流，是悖谬也是融合。因此，我们应该思索如何结合前沿科技与中国传统文化的研究，以科幻小说的形式，构建出一套独特且广阔的叙事，探讨人与自我、万物、宇宙之间和谐共生的关系，用想象力、用故事去探索和讨论，以传递讯息，凝聚起更大的共识。

让我们共勉。

对话

科幻是一种杞人忧天的诗意，是关于变化的文学。

科幻是面向未来的一种文学

何平：我是先读了一系列短篇小说，再读你的《荒潮》，在我的阅读印象中，《荒潮》放在同时代中国文学中是一部堪称宏大的巨制，虽然《荒潮》有时也会被你狂野的想象和过于显豁的现实批判拖累，但不妨碍它是近年一部重要的汉语长篇小说。以《荒潮》为例，我们能感觉到"科幻文学"和传统意义上所谓的"中国当代文学"的隔阂。《荒潮》在传统意义上的中国当代文学界并没有引起与之相称的评价，不知道这部作品在科幻文学界的反响如何？

陈楸帆：感谢何平老师谬赞，由于《荒潮》是长篇处女作，现在回头看来，很多地方还是有笔力不足与思想幼稚的毛病。在国内主流文学界评价不多，李敬泽老师曾经在媒

参见《花城》2017 年第 6 期。何平，文学评论家，南京师范大学教授。

体上推荐过。反倒在海外比较文学界里得到了一些关注，一些学者将其作为研究中国当代科幻小说的文本范例，从环境保护、后人类主义、批判现实主义等角度进行分析。包括美国韦尔斯利学院东亚系副教授宋明炜老师在许多篇关于中国科幻的论述中都有着重谈到敝作，9月份在昆山杜克大学会有一个学术工作坊，由后人类主义学术泰斗凯瑟琳·海勒主持，她也将《荒潮》作为此次工作坊研讨的核心文本。《荒潮》被刘慈欣老师称为"近未来科幻的巅峰之作"，并获得华语科幻星云奖最佳长篇小说金奖、花地文学榜金奖等数个类型文学奖项，在国内文学界被视作"科幻现实主义"的代表作之一。这一风格也是由我在2012年星云奖上首次提出的，最近北师大姜振宇博士正在写作与这一题目相关的博士论文。《荒潮》明年将会由北美最大的幻想文学出版社 TOR 出版英文版，译者也是刘宇昆，编辑是本届雨果奖得主、《三体》三部曲编辑 Liz Gorinsky，后续几种外语版本都将出版。可以说，《荒潮》在世界范围内的科幻文学界还是获得了颇多荣誉与认可。

何平：我们也许可以从《荒潮》看整个科幻文学。近年，特别是今年，传统文学界在很大规模上悦纳科幻文学，甚至今年的上海国际文学周以科幻文学为主题，但我看到更多的是表面的热闹，你作为很多活动的受邀者和参与者，感觉是怎样的？科幻文学的春天真的来了吗？

陈楸帆：我已经连续数年参加了许多主流文学界邀约的活动，一个直观感受是，谈论科幻、研究科幻包括开始创作科幻的人越来越多，这对于科幻文学这种长期处于边缘化、被低幼化、标签化的文类来说肯定是一件好事情。但不得不说，在主流文学界与科幻文学界之间的"文化隔阂"依然颇为厚实，对科幻文学的误解与偏狭也一时难以完全扭转，许多研究者将主流文学的评判标准与理论工具照搬到科幻文学分析上，却没有达到特别好的效果，这些都是有待双方进一步交流融合提升的。比较让人欣慰的是，主流文学界向大众推介科幻文学，让许多原先不看科幻或者对类型文学有偏见的读者摘下有色眼镜，开始阅读科幻小说，甚至喜爱上科幻，形成一股新的文学风潮，这对我们科幻创作者是莫大的鼓励。这个春天刚刚发芽，期待春风能够吹得更暖，让春意更盎然一些。

何平：我还注意到，很多和科幻小说无关的小说家，也开始在小说中植入"科幻"，这种植入常常是"硬"植入，但我并不看好"科幻"成为简单的小说技术。在我看来，"科幻"从根本上是一种世界观，一种想象世界的方式，而不只是一种写作的小技巧。你是怎么看这个问题的？

陈楸帆：我非常同意您的看法，我个人也非常关注主流文学界对科幻的"跨界"，并且拜读了其中许多作品。坦白讲，大部分都只是将科幻作为一种表面的、刻板的外衣"硬"套在一个纯文学的躯体上，效果并不理想，有一些点子在科幻小说里已经被探索过许多遍，而呈现在主流文学作品中没有新奇之意，反有陈腐气息。科幻写作的本质是一种基于"what if"的思想实验，是从对现实世界规则的某种改写，进而推演其如何影响到社会、人性乃至文明本身。最为优秀的科幻作品如《三体》《你一生的故事》《黑暗的左手》等让人读完会有三观颠覆之感，这是一种认知上的冲击，是以未来为导向的思维逻辑，是以人类作为一个整体的价值坐标，并不是单纯技巧所能达到的。

何平：王德威将 21 世纪前后新的"科幻热"与 19、20 世纪之交的"科幻热"进行比较，但我觉得这种比较是要谨慎的，因为两个时期的中国科幻小说共享的不是一个世界文学。换句话说，我觉得当下中国文学真正和"世界文学"对话的写作只有科幻小说。我读中国科幻小说，强烈感觉到它的"世界性"。

陈楸帆：我觉得科幻小说之所以较其他文学类别更容易具有世界性，或者说更容易在世界范围内得到广泛流通，引发认可与共鸣，便是在于其建立在一个基于科幻文学发展史上的想象共同体，它所探讨的议题、价值观和情感，跨越了民族、人种、语言和文化上的种种差异，是一种以"人类命运共同体"为出发点的文学。打个比方，我有许多小说被翻译成其他语言并得到许多海外读者的积极反馈，我写北京的雾霾，会有来自美国中部地区居住在环境污染城市里的读者感同身受；我写大学生失业所带来的个体价值感消失，日本读者甚至给了我一个票选的奖项。在我写作之时，这些都是非常中国化的议题，但由于它具备普世性的价值与情感，因此能够打动世界范围内的读者，我觉得这点是科幻的奇妙之处。

何平：但你的小说几乎所有出发点都有着"中国问题"。我不知道你是选择了科幻小说而自然而然地在写作中思考中国问题，还是预先有反思中国问题的冲动，只是科幻小说又可以恰当地承载你需要的思考？因为科幻小说从它产生的那一天就先天自带问题意识，特别是对人类未来问题的思考。

陈楸帆：科学是人类所创造出来的巨大"乌托邦"幻想中的一个，这并不是说我们要完全走向反对科学的一面，科学乌托邦复杂的一点在于它本身伪装成绝对理性、中立客观的中性物，但事实上并没有这样的存在，科幻就是科学从"魅化"走向"祛魅"过程中的副产物，借助文字媒介，科幻最大的作用就是"提出问题"。同样，我不认为当代中国和存在于古代典籍里的中国是同一个概念，"中国"也是一个被建构出来的想象共同体，而这个共同体在不同人的眼中又折射出许多个棱镜般千变万化的切面。我没办法给出一个正确答案，说什么样的作品是具有中国特色或者价值观，我只能说，每个作者要诚实地面对自己的生活，并真诚地去提问、想象和书写，因为在我们每一个人身上，都包藏有一个中国的影子。

何平：你的《未来病史》几乎是当下科幻文学的"科幻指南"，差不多所有的科幻小说都共有"未来病史"的"科学"，但你的小说重点在人类的"未来病"，无论是你的《荒潮》《鼠年》《动物观察者》《造像者》《开窍》，还是你这次给我的《美丽新世界的孤儿》都不例外。读你的小说，就是读人类，也是读中国的"未来病"史，你是有意让你的小说集中在"病"吗？

陈楸帆：对于我而言，在自觉与不自觉间，我在创作里确实贯穿着这样的一个母题／主题／意象：异化。它其实包括了几个层次上的含义：生物学上的变形、疾病或变异，心理学上的疏离、扭曲、分裂，社会体系／人际结构上的隔离、对立、变迁。以上三种层次的异化经常出现在我的小说里（以单一或组合的形态），而技术变革往往作为其诱因或结果出现。

当我们谈论"病"的时候，首先必须定义"正常"，这是一个会随着时间、地点及针对人群而变化的相对概念，比如对于穴居原始人来说，现代人的大部分行为都是无法理解的，而一个纽约客也会将同时期非洲某些部落风俗视为病态，即便是同在纽约生活的现代人，也会因为民族、肤色、信仰、政治立场或者性取向的不同而将异己者视为"异常"。

我们生活在一个技术加速发展的时代，异化将会愈加频繁地发生，人类的认知更迭交替之快，异常会变成正常，被我们接受、习惯。我们每一个人都会像本雅明笔下背向未来、面朝过去，却被进步之风吹着"退行前进"的天使，我们愿意看着过去，因为那是我们所熟悉、感觉安全舒适的世界。

我们需要厘清什么是人，人类的边界在哪里，人性究竟是所有人身上特性的合集还是交集？究竟一个人身上器官被替换到什么比例，他会变成另一个人，或者说，非人？这种种的问题都考验着我们社会在科技浪潮冲刷下的伦理道德底线，而科幻便是最佳的引起广泛思考的工具。

何平：世界科幻小说，就我个人阅读趣味而言，我喜欢波兰的莱姆。在我看来，他的小说是科幻，也是文学。但当下许多中国科幻小说往往是以半生半熟的"科"的名义的

"幻"，并无多少"小说"。我觉得如果要在"文学"上确证"科幻小说"，其实不能过于强调科幻小说的特殊性，至少应该要在人性、历史和现实、人类的命运、小说的形式和语言等维度确立科幻小说的文学性。我认为在当下与强调科幻小说的科学性同样重要的是，应该意识到科幻小说也是文学。你的小说在这些维度其实是提供了一些值得研究的范例的。对文学性的追求，这是不是和你的专业背景有关系？

陈楸帆：我也非常喜欢莱姆，同样，在科幻小说里，我也更偏爱那些文学性强的作者，比如厄休拉·勒古恩、J.G.巴拉德、特德·姜、阿道司·赫胥黎、韩松等等，这也许跟我中文系的背景相关。我不认可那种认为科幻小说就不需要文学性，不需要塑造人物的观点，我认为二十世纪六七十年代的新浪潮运动是一场伟大的文艺复兴，它将许多主流文学作家与技法带入科幻，拓宽了科幻文学的光谱，事实上这一运动虽然已不复存在，但其精神上的遗产却传承至今。我认为科幻应该更加自觉地在形式与语言上进行大胆试验和突破，它是面向未来的一种文学，你能想象一种未来的文学还在用 20 世纪 80 年代的地摊文学语言进行书写吗？因此我认为许多科幻小说的问题在于过于受限于"科幻"的模式和套路，却没有在小说语言上下功夫，这也是我一直在努力寻求突破的方向。

科幻如何激发创新精神

当我们讨论创新的时候，往往会把两个概念混淆在一起，一个是创造力 creativity，一个是创新 innovation，创新固然离不开创造力，但却比创造力的含义更为宽泛。我们通常将创新理解为三个范畴的合集，一个是对用户需求的满足，一个是技术革新所带来的价值，一个是在市场上所形成的区隔性，当这三个圆圈重叠在一起时，相交的部分我们便称之为"创新"，因为它是运用了技术革新在市场上去有区隔性地满足客户的需求，无论这个需求是既有的还是新出现的。

为什么我们认为科幻能够激发科技创新精神呢？

科幻是一种变革的文学，它其实是西方文明对于工业革命以及科学革命在文化上的反映。在晚清时期，鲁迅先生曾

参见 2017 年中国科幻大会主题演讲。

经以科学小说的名义把科幻小说引进国内，希望能改造国人的国民性以及精神结构。中国传统的文化、文学处理的是什么样的问题？因为城市化的进程比较短，所以更多是乡土中国所带来的一些元素，比如说人跟人、人跟社会、人跟动物、人跟自然的关系。

但是到了蒸汽时代、电气时代、数字时代、AI时代，我们整个生活都是与科技密切相关的，人工智能、虚拟现实、基因编辑、量子物理学等等，非常紧密地充斥着我们的耳目。传统的中国主流文学对于描写或处理人与科技之间的关系是无力的，或者说是不够敏锐的。这个时候科幻便孕育而生，它要给读者提供一种对于科技现实的想象和理解。

纵观科幻历史与科技历史两条线索，我们会惊奇地发现，有许多科技史上的重大发明与科幻小说密不可分，甚至许多科学家直言是受到了科幻小说的启发，走上了科研道路。比如1870年凡尔纳的经典作品《海底两万里》中对于"鹦鹉螺"号的描绘便给童年时的西蒙·莱克极大的刺激，也促使他最后成为"现代潜水艇之父"。20世纪60年代的科幻剧集《星际迷航》中柯克船长所使用的"随时随地保持联络"的移动通信装置也启发了一位叫马丁·库珀的年轻工程师，后来他加入了摩托罗拉，成为"手机之父"。这样的例子不胜枚举，包括布拉德伯里的《华氏451度》对无线耳机的描写，《美丽新世界》中对于沉浸式虚拟现实技术的想象，乃至于威尔斯的《获得自由的世界》中幻想的对于核能的武器化应用，都直接地刺激或者促进了现实世界里的科技创新与发明。著名华人科学家、基因编辑技术 CRISPR 的发明人张锋就不止一次对媒体说过，童年时看过的科幻电影《侏罗纪公园》促使他走上了生物学的科研之路，并激励他研究出这一伟大的发明。

那么，科幻究竟如何能够激发创新精神呢？

伟大的科幻作家同时也是地球同步通信卫星理论的提出者克拉克曾经说过，"任何足够先进的技术最初都与魔法无异"，他还说过，"发现可能性边界的唯一途径便是越过它们，向着不可能一点点冒险前进"。科幻无疑能够极大地拓展想象力，悬置怀疑，探索不可能。在比较创新路径与科幻小说创作过程中，我发现两者之间存在着惊人的重合，或许正是这种认知上的高度一致性，让科幻成为国内外科技创新的重要源泉和触发点。

如果我们把这个过程概括为五个环节，那便是：联结—发问—观察—试错—整合。

首先是联结，乔布斯说过："创新便是把毫不相关的点联系起来。"任何科幻小说的发想首先都是在看起来毫无关系的事物之间通过想象力建立关联，比如 1818 年的《弗兰肯斯坦》便是将生物学与电磁学结合在一起，想象人类可以借助科学的力量创造出一个不属于这个地球上的怪物。小说甚至还进一步设想，人类会因为变成了造物主而被自己的造物所毁灭。而创新毫无疑问也是通过联想来实现新的功能与服务。

然后是发问，在科幻小说创作里表现为经典的"what if"问题框架，如果我们能够预测犯罪，那么世界会变成什么样（《少数派报告》）；如果机器人想要毁灭人类，人类应该如何反击（《机器人启示录》）。这同样表现在科技创新中，当我们研发出了一项新产品新技术，它能够满足人们的哪一种需求，能够给人们带来一种怎样全新的感受，这同样是需要通过发问的形式去推演创新的市场前景。

当有了问题之后，我们接下来便应该观察。在科幻小说中表现为设置一个极端场景，把人物放进去，观察其在世界观设定下的反应，如《霜与火》便是测试人在一个生命极其短暂且环境严苛的世界里如何存活下去。同样，科技创新需要为人服务，这就要求创新者们具备对于人性及情感的深入敏锐的洞察，这种洞察力往往是由观察得来，而美国一些科技公司甚至会雇用科幻作家就他们开发的某项技术进行创作，以获得更多典型场景下用户反应模式的素材。

试错，是每项创新所无法逾越的阶段，就好像科幻小说里一项新技术的应用总是会无法避免地导致灾难或者悲剧的发生，如同《侏罗纪公园》里人们试图驾驭自然却被骄傲反噬，《领悟》中人得到了超级智慧却也被其重负压垮。所有新技术都必将面临旧伦理与旧思想的挑战，这也是为什么我们需要通过不断试错来寻找技术创新的边界与平衡性，比如无人驾驶的法律问题，当事故发生时应该如何判断责任。这些都是确保我们能够顺利推广创新技术的必备过程。

最后，我们需要将前面几个环节的思考结果，以一种完整的、有机的、系统的方式整合起来，让你的美妙创意变成一篇有血有肉、跌宕起伏的小说，或者是一个可以放到市场上去进行售卖，同时对其整个生态体系、服务流程及上下游合作伙伴都有充分考虑到的成熟产品。至此，我们完成了一个完整的创作或者说创新流程。

近几年，我一直在观察国际上关于将科幻与科技创新进行结合的实践，其中有几家机构值得借鉴学习。

一家是 XPRIZE 基金会，它是一个为乌托邦式科学幻想提供资金支持的组织，旨在激励和奖励那些对科技创新和人类进步作出非凡贡献的项目。它的信条是用激进的突破创新造福人类。今年，XPRIZE 基金会召集了一个全明星阵容的科幻顾问委员会，由全球知名的科幻作家和编剧组成。成员共获得 13 个博士学位、44 个雨果奖、28 个星云奖、35 个轨迹奖、10 个约翰·W. 坎贝尔纪念奖、6 个亚瑟·C. 克拉克奖、6 个英国科幻协会奖和 1 个奥斯卡奖,我也有幸成为中国的代表加入其中,与科技创新者们一起探讨技术革命如何改变人类未来。

另一家则是亚利桑那州立大学成立的科学与想象力中心,他们则是更多从教育的角度探索科学与想象、未来学习、可感知未来、想象力的社群。每年他们都会举办数量众多、形式丰富的活动来吸引学生们,从科幻中汲取灵感,并与实践相结合,全方位地提升年轻人的创新精神与创造力,比如与美国军方合作的人工智能防卫工作坊,探讨一旦人工智能向人类发起进攻应当如何防御;比如说针对《弗兰肯斯坦》出版 200 周年的一系列怪物艺术展,设置科学探讨以及大型线下虚拟互动游戏等等。

期待中国有更多的力量能够参与科普科幻事业,博采众长,吸收国际先进经验,真正地让科幻成为激发、启迪年轻一代想象力与创新精神的有力武器,让鲁迅先生未竟的事业得以继续前行。

"佛系"风潮背后，
是巨大的时代焦虑

大家好，我是陈楸帆。非常荣幸能来到单向街文学节，聊聊这代人的痛与爱。

我觉得这个题目起得特别好，尤其是这个"痛"。在我看来，单向街所关注的议题，包括所选介的文章，体现了每个人身上其实都特别有这种痛感。可能在这个时代，这是一种特别稀缺的品质。

过去一段时间，大家都被一个词疯狂刷屏，在朋友圈、微信、微博铺天盖地，其实这个词从另一个侧面验证了我们对于这个时代的一个判断，这个词就是"佛系"：都行，可以，没关系；不争，不抢，认命，随缘。

参见 2017 年第三届单向街·书店文学节"我的青年时代——一代人的痛与爱"主题演讲。

不仅仅是 90 后，所有的人都在谈笑风生之间"立地成佛"。我们仔细想一想，不争不抢真的是因为无欲无求吗，还是因为争不到、抢不得？认命随缘真的是看破红尘吗，还是因为不知道自己到底要的是什么，看不清能够努力的方向？

在"佛系"风潮的背后其实隐藏着巨大的时代焦虑。遁入空门并没有办法消除这样的焦虑。这种态度的背后，其实折射出这代人对于焦虑背后不同的心理应对机制。

从进化心理学的角度来看，现实性焦虑不同于病理性的焦虑，它是人类在进化过程中所形成的一种应对不确定性的情绪以及行为反应的模式。

在今天这个时代，这种不确定性所带来的焦虑被无限度放大。我们不禁要想，为什么？在座的老师们可以从政治、历史、文化上找到非常多的原因来解释这个问题，但我今天主要是谈一谈，技术如何让这个时代变得更加焦虑。

让我们回到 1949 年。信息论之父香农早已提出，信息是用来消除不确定性的东西。这个定义虽然看起来很简单，但是却奠定了我们现在整个信息社会的基础。

在充斥着数据和比特的今天，我们人类的大脑却与数万年前并没有太大的区别。我们依然使用亿万年进化而来的、基于物理先验知识的一套信息处理系统，我们大部分的思考都是有一套强大的、受控于情绪和生物本能的第一系统。这与另一套不那么强大的、可以运用有限理性进行数据收集、分析、决策的第二系统是不同的。它们所动用的大脑区域是不一样的。我们往往要花费非常大的力气才能让系统二凌驾于系统一之上，做出所谓的理性判断。即便是这样非常有限的理性判断，有时候也远远不如一些简单的机器来得准确。

举个最简单的例子，把身边最熟悉的一个人的面孔调转180度，再去看他，绝大部分人都会犯脸盲，不管这个人是否跟你朝夕相处，是否跟你熟得好像穿过一条裤子。而对于机器来说，这不过是转换坐标系的小菜一碟，更不用说处理我们日常生活里的高维数据这样的复杂性问题。

因此，这个看似信息极大丰富乃至于爆炸的时代，其实是对我们人类大脑极其不友好的时代。我们得到的信息越来越多，对于其中的噪声、错谬、变形、误差，我们并没有办法通过某种自动化的程序自我消化以及纠正。这些错谬、变形、误差在我们的脑海里沉淀下来，成为所谓的认知盈余与信息过载。

在这件事上，不仅仅像你我这样的普通人会感到焦虑，包括科学家，甚至一些做大数据、做人工智能研发的科学家，他们也非常焦虑。

刚刚开完的一场NIPS大会（Conference and Workshop on Neural Information Processing Systems，神经信息处理系统大会），相当于人工智能与机器学习界的顶级年会，大会上有一位就职于谷歌的资深工程师 Ali，他因为十年前发表的一篇论文拿到了一个大奖，这个大奖是用来奖励历经时间考验的一些学术成果的。照理说拿了奖应该很高兴，上台会说一些好话，你好我好大家好，说 AI 前途无限光明，大家加油干。可 Ali 非常耿直，他在颁奖典礼上说了一句狠话，这句话一石激起千层浪，一下子震动了整个业界。

他说，人工智能就是新时代的炼金术。

大家知道炼金术是什么，在历史上声名狼藉。尽管客观上，它推动了冶金、纺织、医疗等领域的技术进步，但是在漫长的时间里，它跟"可以通过丹炉把铅转化为黄金"，"能够炼制长生不老的仙丹"等迷信说法以及传说捆绑在一起。

Ali 这句话的意思其实是，在当下的人工智能机器学习的研究领域里，大家用了非常多看起来有效的技巧——tricks——他用了这样一个词。这些技巧能够提升机器解决人类问题的一些能力。但是，我们对于背后的原理，对于这些 tricks 如何运作，如何产生效果，一无所知。

这其实是一件很可怕的事情。我们以为是一条康庄大道的，其实它背后有可能是悬崖深渊。这就像是炼金术一样，甚至说得更直接一点，就是一场玄学。但是全球的资本也好，科技也好，大众也好，都沉浸在这样一种狂飙突进的喜悦当中。

在这场 AI 界关于真理标准的大讨论中，我们深深体会到科学家在这个时代的焦虑。技术发展得太快，以至于我们自己都无法完全理解背后隐藏的真相。

这让我不禁想起了一个文学理论学科的概念——延异，它来自雅克·德里达。

有非常多的人文学科理论概念，是我离开了学校许多年之后才开始领会其妙处的，包括麦克卢汉的"媒介即讯息"，克里斯蒂娃的"文本间性"，福柯的"规训"，鲍德里亚的"内爆"，等等。而它们的有效性往往跨越了学院的语境，进入了日常的经验。

在德里达看来，作为意义归宿的战场已经不复存在，语言符号被层层延异下去，这里面包含了时间跟空间上的两种不同的延展和变异，犹如种子、DNA 一样四处播撒。

而在当下，我们所面临的同样是这种语言或者说认知上的困境。

大家想一想，人工智能、引力波、量子物理、石墨烯等，所有这些技术的概念，我们都只能借助于图像、比喻乃至文学故事来进行理解。而技术核心本身是无法言说的，它是一种纯粹的数学乃至于理念的存在，即便经过了科普工作者们的努力，一再转译成大众能够接受的形式，但是仍然存在着非常高的认知门槛，仍然是一种雾里看花。

这样的困惑同样存在于我所在的科幻写作领域。我们可以想象一下，回到《小灵通漫游未来》的那个时代，所有的技术其实都可以非常容易地用画面、视觉、比喻去进行表达。但是到了这个时代，如果你不懂数学，你所说的一切都可能是错的。

举个例子，前几天我遇到了《三体》舞台剧的导演，他说读到《三体》里有一句话叫作"整个宇宙将为你闪烁"的时候，特别激动，脑子里马上出现的画面好像好莱坞大片一样，整个宇宙都开始闪烁起来。

但后来他去拜访了天文物理学家，天文物理学家告诉他，这句话的意思其实是宇宙微波背景辐射，人类眼睛根本看不见的，不是他想象的那么回事儿，那可能只是数值在小数点后多少位的一点轻微变化。

所以我们可以看到，对科技的误解在一个延异的生产链条里，发生了多大的变化。

而至于诸如"人工智能是否会统治人类，是否会取代人类今后的位置"这样一种不那么好的延异，更是变成了一种煽动恐慌以及焦虑的工具。

在这样一个时代，我们究竟能够怎样处理、缓解自己的焦虑？我其实不断在问自己。因为我写的是科幻小说，很多时候我会觉得自己写的东西太科幻了，我会想要回到最初文学所能够带给我们的那种感动的源头。

人类大脑的认知是有局限性的。我的一位老师提出了一个关于幸福的概念，我觉得放在文学上非常合适。他将认知科学与积极心理学做了一个结合，认为既然人类的意识、人类的自我认知等都是可以根据不同的时间维度来进行分层的——打个比方，我们人类的神经，人类精神层面的东西最后都可以划归到原子、分子的活动里——那么相对应的，幸福同样也是可以根据时间维度来进行区分的。

他举例了三个维度，我觉得就是文学在我的生命当中带给我的幸福感。第一个是在"秒"的时间尺度上所生发的一种愉悦感，第二个是在"分"以及"时"这样的时间维度上所生发的一种专注，第三个就是超越了时间维度所生发出来的意义。

尤其是放在科幻小说的领域里，我觉得这三个层面的幸福互相交叠、互相碰撞，它们带给我的幸福与满足，让我足以抵抗这个时代所带来的焦虑。

但是回过头来说，这个时代对写作者来说，同样是不友好的。

在以往传统的时代，我们不会要求一个作者长得好看，我们不会要求一个作者能说会道，我们不会要求一个作者是段子手，甚至会开赛车，还能拍电影。在这个时代，我觉得特别可笑的是，大家希望作者是一个全能型的选手，作者被寄予了无法负荷的重担。

此外，这个时代写作的题材受到了非常大的挑战。比如在以往，我们会写非常多的连环杀人犯的题材。但是在这个时代，全国有 1.76 亿部监控摄像头，它们基本上覆盖了你所能到达的每个角落。我们有一个全球最为精密高效的监控系统，它叫作天网。

不知道是不是受到了《终结者》的启发，前不久有一位英国记者试图挑战这样一个系统。当他把自己的身份信息录入这个系统之后，只逃出去七分钟就被系统锁定了。

在这样的一个时代，你很难想象一个人怎样去作案，怎样去犯下连环杀人的案件，再以此想象去创作一些文学性的东西，在我看来是很难的。这是"写什么"的问题。

另外还有"怎么写"的问题。我发现在这个时代，我们过于依赖搜索引擎，而搜索引擎本身就是一个信息与话语不断延异的过程。当我搜 A，它可以指向 B，当我搜 B，它会指向 C——这样一个过程无休止地蔓延下去。

换言之，其实信息过载就是人为地制造一种焦虑来对抗焦虑的过程。因为它会让你觉得自己是在干一件正经事，而不是在无所事事。但其实你可能收集了成千上万次写作素材，但迟迟不愿写小说的第一句话。我现在往往会陷入这样一种困境当中。

再一个问题，"给谁看"。我们写的东西给谁看，在传统的文学生产流程里其实不存在这样的问题。你的书出版了，谁爱看谁看，最多就是有些读者会写信，可能还是纸质的信件，经过好几轮的周转，来到你手里。

但现在非常多的作者在一个线上平台放出一篇自己的作品，过不了几分钟就会有好多评论和打分。有人说这个太科幻了，看不懂；有人说你这个不够科幻，我早就看过了。作者就会陷入这种焦虑的场域之中，他不知道应该如何评判自己的作品，因为缺乏一个有标准的、能够持续发生作用的文学话语平台。

最后一个问题，也是最核心的一个问题，"为谁写"。以前我们都会特别高调、高姿态地说，我们是为自己而写；或者如果稍微友好一点，就说我们是为读者而写。但是现在的问题不一样了。

我认识非常多的作者，他可能写了两篇，被大公司、大资本看中了，卖版权，作品被改编成电影、剧本，作者拿到了非常丰厚的稿酬。那么在他写下一篇的时候，他会陷入一种焦虑，他不知道应该为谁而写，是为自己而写，是为读者而写，还是为大电影公司、为资本而写。

这就是我们所在的 IP 时代的一种焦虑，这种焦虑导致了我们在写作的整个过程中一直处于一种痛并爱着的状态。那么我们到底应该怎样去面对这种焦虑？我觉得还是只能回到文学能够带给我的三种幸福的境界：愉悦、专注以及意义。

文学是一种修行，让我们微笑同行。此处应有佛系表情包。

科幻小说的"有用"与"无用"

大家好，我是陈楸帆，是一个写科幻小说的。

之前有企业家问了刘慈欣老师许多关于科幻如何对现实世界产生影响的问题，大刘很诚恳地说，我只是个写科幻小说的，所有另有所指的都不是科幻，科幻的目的就是科幻本身。

由于《三体》的爆火，来自各行各业尤其是互联网界的企业家、投资人，纷纷从小说中总结出"降维攻击""黑暗森林""三体管理学"之类的概念，奉为圭臬，甚至愿意重金邀请刘慈欣老师作为顾问进行交流，试图借助科幻拨开现实的迷雾，窥见未来的一角。大刘自己开玩笑说，去乌镇参加区块链发布会，大佬们说《三体》反映了区块链的概念。

参见2019"造就Talk"主题演讲。

可是区块链是二〇一几年才进入中国的，写《三体》的时候是 2006 年，还没有区块链呢。

长久以来，这样的思维模式伴随着我们成长，我们已经习惯了在做每一件事、下每一个决定之前，先问这有什么用；而那些一时半会儿看不到变现机会的事情，便会被斥为"没用"。

那么，科幻小说到底是有用还是没用？在这两种极端的态度面前，作为科幻作者和读者，我们应该如何摆正自己的位置和心态呢？这就是今天我来到"造就"，想跟大家分享的一个话题。

中国有一句话，无用之用，方为大用。

这也是我对于科幻小说的理解，它也许是当今最重要的一种文学类型。这句话不是我说的，而是《人类简史》作者尤瓦尔·赫拉利接受《连线》杂志采访时说的。他的观点是，科幻小说塑造了公众对于例如人工智能、生物科技等新事物的理解，而这些事物将在未来几十年间极大地改变我们的生活和社会。

回到科幻小说诞生的 19 世纪初，生物学、电磁学迎来突破，工业革命、机器化大生产让大批产业工人下岗。一群英国年轻人到日内瓦的郊外度夏，无聊中有人提议轮流讲鬼故事。最终少女玛丽·雪莱写下了《弗兰肯斯坦》，讲述一位科学家利用解剖学和电磁学技术，制造出一个新的生命，最终又被自己的造物毁灭的故事。

这个被视为现代科幻小说源起的故事起点非常高，其中涉及的议题一直延续到今天，比如之前围绕基因编辑技术展开的激烈争论，人类是否有权利用技术改造生命，甚至创造出全新的物种？它与人类之间又存在着什么样的关系？《弗兰肯斯坦》折射出人类对于技术变革所产生的种种焦虑。

假使我们放眼历史，无论是一战后、二战后、冷战时期还是互联网时代的今天，这样的事情一直在发生。科技的加速发展，使得人类产生了认知上、情感上、伦理上、制度上等多重焦虑，这些焦虑来自信息不对称，也来自对新事物的错误认知与判断。而科幻，无论是作为一种文学还是泛化为影视、游戏、设计等跨媒介类型，都在扮演着对抗、缓解、消除这种文明焦虑的角色。

我们不禁要问，为什么是科幻，而不是奇幻、言情或者是现实主义等其他文学类型来扮演这样的角色呢？理解背后产生作用的机制，也许比简单给出结论更有价值，因此，我从历史上找到三位学者，尝试用他们的理论来解释给大家听。

第一位叫达科·苏文，他是生于南斯拉夫的加拿大籍犹太人，20世纪70年代，他从苏联形式主义的立场出发，以诗学与美学的角度，有史以来第一次对科幻文学进行了系统性的理论建构与分析，其中最重要的一点便是提出科幻的"认知陌生化"这一核心特征。所谓的认知性指的是逻辑严密自洽，可以通过理性去进行理解和阐释，而陌生化是指创造一个替代性的虚构世界，拒绝将我们的日常生活环境视为理所当然的。举一个例子，比如《三体》中呈现的恒纪元和乱纪元交替出现的极端环境，便迥异于我们所熟悉的日常生活，但其背后又具有坚实的天文物理学基础，可以通过计算及推理进行验证。但请注意，这里的认知性并不一定意味着需要完全符合科学事实，而是一种叙事上的逻辑自洽，接受了一个虚构的世界观设定"what if"，随后的情节推演都必须符合这个设定，倘若不符合，便会被大脑认知为"不真实""不可信"。

认知性与陌生化之间并非割裂的关系，设想一下，如果只有认知性，那结果就是纪录片般的"自然主义"小说，能在认知上阐释虚构，但却没有陌生化的审美效果；如果只有陌生化而没有认知性，那结果就将是玄幻小说，看上去非常疏离玄妙，但却无法用理性和逻辑去把握。正是在认知性与陌生化之间这种辩证互动的关系，让阅读科幻小说成为一种不断挑战、破坏与重塑认知与审美边界的思想探险。

　　第二位学者叫 Seo-Young Chu，中文名叫朱瑞瑛，她是一位美籍韩裔学者，目前在纽约市立大学皇后学院任教。她在 2010 年发表学术著作《隐喻会梦见文字的睡眠吗？——关于再现的科幻理论》，这个标题很明显就是向菲利普·迪克的《仿生人会梦见电子羊吗？》进行致敬。她对达科·苏文的理论进行了激进的回应，在朱瑞瑛看来，科幻小说是一种高密度的现实主义，而我们传统所说的"现实主义文学"只是一种低密度的科幻小说。

　　如何理解这种定义呢？她将我们的眼光引向古希腊。在亚里士多德看来，所有的文艺形式都是对于现实的模仿和再现。但是到了工业革命之后，许多伴随技术日新月异而产生的现实图景已经过于复杂与抽象，超越了日常经验的限度，难以经由传统文学手法进行模仿与再现，让读者能够直观地认知与理解，比如说全球化，比如说网络空间，比如说人类命运共同体。因此我们不得不大量使用"隐喻"来再现这些概念，比如说，地球是一个村落，互联网是一条信息高速公路，等等。

　　但在科幻小说里，我们所要再现的本体和喻体可以是统一的，比如"网络空间"，在赛博朋克小说《头号玩家》里，它就是"绿洲"，一个承担起叙事功能的真实的存在，既是一个对互联网的隐喻，又如字面上所呈现的那样，是一个主角可以在其中来去自如、冒险穿梭的虚拟世界。

因此，在科技日新月异且高度复杂化的今天，比起其他的文学形式，科幻小说能够更有力量、更高密度且更为全息地再现现实图景，它才是最大的现实主义。

第三位可能很多人都听过他的名字，他就是著名的西方马克思主义和后现代主义学者弗雷德里克·詹姆逊（也译作詹明信）。2005 年，他在《未来考古学》一书中提出，科幻小说正是一种借助"从未来看当下，从他者看自我"的思维框架来对当下进行批判性"认知测绘"的工具。

在詹姆逊看来，乌托邦冲动是不可化约的人类心理，就像弗洛伊德的性本能一样无所不在，是存在的本质。它既不是预言也不是逃避，而是一种想象性的实验，一种对完美的启发机制，是认识论而非本体论意义上的实体。

然而二战之后，核爆、冷战、极权主义使以托马斯·莫尔《乌托邦》为源头的正统乌托邦文本彻底失去了历史位置。而此时，科幻文学却由于其边缘性及封闭性的文类特征，保留了"真实社会空间中的一块想象性飞地"，并以批判性乌托邦，也就是我们常说的"反乌托邦"次类型，继续探索未来的可能性。詹姆逊发现，在 20 世纪 60—70 年代，种族和性主题是科幻作家最热衷的话题，而这些内容，恰恰是颠覆以男权和技术为根基的当代资本主义社会的重要作品。

比如女作家厄休拉·勒古恩在《黑暗的左手》中构建了一颗常年零下几十摄氏度的封建制社会"冬星"，冬星人不像地球人一生下来就分为男或女，每个月中，有大概三分之二时间是处于中性或者雌雄同体的状态，没有性别之分。进入发情期之后，如果这时候遇到另一位也同处发情期的人，双方就会相应发生生理、心理、行为举止等诸多变化，成为完全的男人或女人，但是性别转换是完全随机的。发情期结束之后，人们又回到中性状态，如此循环往复。在冬星人眼中，地球人这样的二元性别纯粹就是性变态。

詹姆逊之所以高度赞扬勒古恩小说的乌托邦创意，是因为作品通过消除性别来否定性别政治；而把封建制度跟技术发达联系起来，则否定了资本主义与科技发展之间的历史决定论关联。

这正是他眼中的科幻的价值，是一种认识自我与把握当下的间接策略，通过虚构乌托邦/反乌托邦世界，让我们更加清楚地意识到自己在精神与意识形态上的被囚禁状态。科幻写作与评判，不只是文本的生产，也是一种具体的政治和社会实践，通过创造一个个他者世界，无论是太空歌剧、赛博朋克还是后人类世界，制度化地否定现实，在思想领域中建立起一块文学飞地，继续推动人性与历史的乌托邦进程。

这三位学者的理论，其实无不围绕着科幻与文学、科幻与科技、科幻与现实、科幻与未来之间的关系问题，当我们对这四组关系有了更深一层的理解之后，回过头再读《弗兰肯斯坦》《三体》甚至梁启超的晚清乌托邦小说《新中国未来记》，相信又会有完全不同的感受。

但就像歌德所说，理论是灰色的，而生命之树常青。回到写作科幻小说的初心，我还记得那也许是十三岁左右的一个夜晚，我读完克拉克的《2001：太空漫游》，仰望星空，心中充满了对未知宇宙的敬畏与对渺小自我的惶惑。这种对未知的恐惧，对变化的焦虑，在每一个人的身上，也在作为整体的人类命运共同体之中。而科幻小说通过讲故事的方式，让我们去体验这无数种可能性，去理解并感受超出日常经验之外的人类境况，由此我们得到了超越此身此世的生命，我们作为人类个体的焦虑，也被更为宏大的时空尺度、超越人类中心的多元视角所冲淡、摊薄、中和了。

也正是这种原初的感动与敬畏，促使我拿起笔，开始构建心中的科幻世界，并一直持续至今，哪怕它在一开始并不能带来任何经济上的实际回报，但在精神的维度之上，我已经穿越了无数个时空，经历了难以言喻的精彩冒险，与诸多伟大的心灵产生共振，结交了遍布世界各地因为科幻而相识的好友。这些都是无法用物质来进行刻度衡量的。

当然，如果你问我，还焦虑吗？我的回答是，当然焦虑，嗷嗷焦虑，尤其是截稿日之前。所以科幻对于我来说，可以消除结构性的焦虑，但并不会减少甚至还会增添日常焦虑。

所谓结构性的焦虑，也就是人类作为一个物种的文明焦虑，这种焦虑会传导到我们每个个体身上，就像是时代精神一样。

就好像这几年很多人会问我，AI 会让人失业吗？机器会取代人类吗？这就是一种结构性的文明焦虑。

我的回答是：与其焦虑未知，不如拥抱变化。

作为一个物种，人类就像其他物种一样有其生命周期，但倘若我们能够通过不同的方式，让人类文明在另一种物种中延续下去，那就是人类的荣耀。比如说，在地球上留下尽可能多代表人类文化多样性的建筑与艺术；比如说，向太空发射带有人类信息的讯号，就像驶出太阳风层进入星际空间的旅行者 2 号携带的金唱片；比如说，教会机器或者其他物种理解人类，包括人类的创造与情感。

因此在我的新书《人生算法》中，我邀请到我的谷歌前同事、创新工场首席技术官王咏刚创造出一个写作 AI，可以把它称为"陈楸帆 2.0"。它通过输入大量文本，深度学习我的写作风格进行创作，再融入我（也就是"陈楸帆 1.0"）

的写作文本中。最后我发现，并不是我借助机器写出了小说，而是机器借助我完成了一篇小说。

这就是这个科幻时代所带来的神奇体验，我希望每个人都能用这样开放、积极的心态拥抱未来，拥有科幻的人生，多点好奇，少点焦虑。

科幻小说如何打破
性别刻板印象

　　21世纪以来，许多经典、火爆的影视剧里都出现了科幻女性角色，它们以女性形象来探讨当下的性别议题以及女性权利问题。

　　但回归历史，科幻小说长时间被视为一种大男孩的逃避主义文学，所以在我们的圈子里有一种说法叫"老""白""男"——在欧美科幻圈里，长时间是年纪很大的白人男性作者占据了主导地位。历史上有许多女性作家，通过男性化名才得以发表作品甚至获奖。借助于近五十年来风起云涌的女性主义以及平权运动，这样的境况才得以改善。

　　而在中国又是另外的语境，中国当下崇尚的仍旧是美国二十世纪四五十年代兴起的黄金时代风格的科幻作品。在这

参见2019"造就Talk"主题演讲。

种风潮的引领下，放眼看去，许多科幻作品中充斥着男性凝视、对女性符号化的描写以及性别的刻板印象。许多人身处其中并不自知，包括我自己。我也是借由作品被翻译成其他语言的契机，才得以从"他者"视角审视在自己创作中存在的性别问题。

但展开这个故事之前，我们先回到历史，看一看科幻小说是如何与女性主义发生关系的。

乌托邦中的女性想象

回到 1818 年，现代科幻小说的源头。很多人都忘了科幻小说其实是在女性作者玛丽·雪莱笔下诞生的，她创作的《弗兰肯斯坦》奠定了两百年以来科幻小说的发展历程。

在这两百年中，无数女性主义科幻小说作家借由她们的作品，戏剧性地去呈现当下女性所面临的复杂性问题，以此来探讨女性在社会中的地位、权利以及她们所具有的种种可能性。

到 19 世纪末 20 世纪初，大多数乌托邦小说都塑造了一种将女性的权利与地位隐而不现的男性乌托邦模式。非常有意思的是，这些社会模式都是高度社会主义化的。

而在 1915 年，在夏洛特·帕金斯·吉尔曼创作的《她乡》里面，首次出现单性繁殖的女性乌托邦式想象。在这样的社会里，每个女性都拥有自由选择生育与否的权利，母亲会与后代分离，婴儿被集中交由专业人士抚养，每一个女性都拥有终身学习、参与政治并且改造社会的权利。

非常有意思的是，吉尔曼设想了一种双性同体的女性模式，将男性果敢独立的气质融入传统女性慈爱母性的气质，来挑战父权社会思维给予女性传统气质的单一规定——柔弱、敏感和顺从。

几乎是同时期，中国出现了一本奇书《女娲石》（海天独啸子著，1904—1905，甲乙两卷），它想象的是席卷中华大地的一场"国女"革命。然而在《女娲石》特别激进的女性乌托邦的想象里，我们可以看到"国女"其实是非"女"的——这些想要反抗男性的女性，恰恰是在气质上最接近男子气概的女性，这些想要从男权/夫权获得解放、拯救国家的女性，却恰恰丧失了自我掌握能力而沦为工具。她们在双重意义上失去了自己的女性身份——在气质上不得不向男子接近，身体不得不献给国家。这些普遍意义上的女性其实并没有获得解放。

这两部作品其实都是第一波女性主义在科幻领域的投影。它们最核心的诉求是争取女性平等的政治参与权，最为凸显的就是性别之战的叙事模式——设想母系成员如何战胜父权制的压迫者，从而取得社会统治地位。

但这些故事其实传递了一种焦虑感。这种焦虑感将女性的价值和意义视为对男性气质和异性恋规范的威胁，反而削弱了对于更加平等的性别社会秩序的想象力。

身体改造会给女性带来什么？

20 世纪 60 年代末 70 年代初，第二波女性主义运动到来。二战后欧美有许多女性投向了科幻文学创作，因为她们能从这种具有颠覆性和思想扩展性的文学题材中获取社会参与度以及美学上的创新性。

第二波女性主义作家的努力其实是为了将女性纳入科幻小说的未来，创作出真实活跃的女性角色，而不是在过去的科幻小说中经常出现的令人难以置信或不重要的角色。比如在许多传统男性作家创作的作品中，女性角色要么是被外星怪物强奸的尖叫娃娃，要么是衰老绝望的老年女科学家，要么是忠诚的妻子，要么是英雄的情妇，都是非常没有自主性的配角。

这其实是科幻小说里社会学想象力的缺失。因此，女性主义作者乔安娜·罗斯提出了"银河郊区"的概念。

她说，很多科幻小说可以想象最狂野的科技创新，却无法展示新科技给社会带来的影响。在很多故事里，人类已经移居到整个宇宙，享受最为先进的技术以及上层建筑，但是他们却好像仍然生活在 20 世纪 50 年代的美国郊区一样，过着传统的异性恋生活，养两到三个小孩儿，所有性别及性别关系都没有变化。这在她看来完全不可思议。

所以在这一波女性主义科幻小说里，她们在幻想这样一种未来——女性经由科技力量改造身体，以获取与男性平等的权利。当然也包括了怎样摆脱传统的性别二元论、传统家庭以及繁衍模式，带来更加平等的权利分配模式。

比如厄休拉·勒古恩非常经典的作品《黑暗的左手》，作者想象了在一个雌雄同体的文明中，性别是如何以流动的形式存在，所有与之而来的经济、生育以及社会地位的权利分配，也因此发生了翻天覆地的变化。

而在 1976 年，电视屏幕上出现了这样一个形象——《仿生女人》里的主人公借助科技力量改造自身，拥有了超强的听觉以及运动能力，因此成了政府的秘密特工，对抗邪恶的敌人，但是她白天仍然是非常甜美的中学老师的形象。这部剧集获得了巨大成功。

影视圈往往比文学界落后，它们会从文学界借用一些非常吸引眼球、讨好观众的符号性元素来获取商业成功，却抛弃了其中最为革命性与颠覆性的精神内核。

在这件事情上，不管是好莱坞电影还是华语电影都差不多，因此在性别意识上有突破性的影视作品更显得难能可贵。

1979 年诞生的《异形》系列，就非常具有性别上深刻的隐喻及反思。汉斯·鲁道夫·吉格尔设计的经典异形造型，其实带有非常强烈的男性生殖器官的隐喻，包括异形向人类体内注射卵子，在宿主体内孵化成熟，最后破壳而出的整个过程，其实可以拿来跟女性的生育过程进行对比。而我们的女英雄雷普利——贯穿整个系列去对抗怪物、拯救人类的角色——也被赋予了女性主义色彩。《异形》系列其实是一个被低估了的女性主义范本，值得我们好好细读研究。

第三波女性主义运动伴随着互联网、信息科技以及资本主义全球化诞生。在这样的时代背景下，性与性别平等已经成为众人所接受的语境，大家关注的其实是科技本身。

过往的科技可能被视为一个男性专利，带有性别歧视的原罪。但在 20 世纪 80 年代至今的世界图景与社会语境下，女性主义者们更加关注的议题是技术、社会与性别之间更丰富多元的关系。

这也就导致了 1985 年唐娜·哈拉维非常具有革命性意义的《赛博格宣言》的诞生。她提出了一种赛博格形象——也就是人机结合体的形象——借助这样的形象去挑战传统的性别意识与身份政治。赛博格、外星人、虚拟身体、跨物种生命，这些都是在科幻里的一种"他者建构"。借由这些"他者建构"，我们可以去反思所有传统的关于性别的定义以及关于身份认同的政治话语体系。

她也借此来批评，传统的女性主义其实是白人中心主义的。那些理论中很难找到"有色人种"的位置，并会把一些"有色人种"或者第三世界国家女性的真实生存处境、历史境遇忽略不计，而直接用自己的理论框架去囊括一切，其中也包括了中国女性的境遇。

在她的宣言下，新的女性主义科幻更重视一种寓言性，创作中表现为从性别平等走向了对性别之上普遍存在的不平等现象的批判。

个人写作中的性别意识觉醒

回到开头，为什么我会意识到自己的创作里存在严重的性别意识问题，其实还是借助于"他者"视角。

2013 年我的作品《荒潮》经由刘宇昆老师之手翻译成英文，而我的美国白人女编辑却发现了许多我以前没有察觉到的问题。

比如说她会问我：为什么你要用"无辜""天真""脆弱"这些词去反复描写你的女主人公？为什么你的女主人公一直在等待着被男性角色拯救？为什么你所有的女性角色都是以被侮辱与被损害的形象出现？

其中有一些确实是存在的，当然也有一些可以归结为白人女性主义视角，因为我的女主人公是一个刚刚成年的中国乡村打工妹，这样的形象必然不可能像纽约上东区接受过良好教育的白领独立女性一样有着强烈的性别意识与主动性。

但是借由她的"他者"视角，我得以重新审视自己的创作。我将视线放宽到身边人的创作，发现不管是女性还是男性，诸如此类的性别偏见或者刻板印象，其实深深地根植在我们的语言中。

比如科幻小说中描写的女性形象，往往是"美女教授""长发飘飘""胸部高耸"等充满了男性凝视的形象。这种描写不光存在于二十世纪五六十年代的老一代作家笔下，甚至在 80 后、90 后的一些作家笔下，我们依然能够看到这样的刻板印象存在。

因此我进一步深思，在我们的语言中究竟隐藏着多少这样的性别刻板印象，也由此去主动挑战一些女性题材与视角。

比如《这一刻我们是快乐的》，探讨的是技术对于生育的改变。其间我去调查、采访了许多母亲，有一些朋友把她们隐私的孕期日记都分享给我。

比如《太空大葱》，讲述的是一个山东女孩怎样上太空去种大葱，在山东这样一个传统儒家文化根深蒂固的地方，她怎样在自我实现与家族期待之间寻求平衡。

当然我觉得这样的探讨是远远不够的。因此我也思考应该如何去创作一篇真诚的女性主义科幻，而不是仅仅把它作为一个标签来使用。

在此我想推荐我非常好的朋友刘宇昆在 Netflix 的《爱，死亡和机器人》中的一个故事——《狩猎快乐》，他把中国神话里狐狸精的故事进行了改写。狐狸精在我们的传统语境中，往往代表着勾引、性感。而在这个故事里，它被赋予了更多主动性——在男性中心、殖民主义、现代化科技的多重压迫下，它通过融合改造，主动地选择自己的新出路，并为社会带来改革动力。

通过这个故事，我们可以看到刘宇昆如何摆脱男性凝视视角，给一些已经被性别染色的固有女性形象赋予新的含义。

所以归根到底，重要的不是女性符号化的外观或者举止，而是如何给她真实的选择权，如何让她回归以她真实身份以及地位所能做出的行为举止，如何回归女性真实、平等、多元的自我本身。这些都与性别立场无关。

回顾整个科幻历史，在这两百年中，科幻小说尤其女性主义科幻小说的作者采用了不同的形式去探讨、批评性别及性别社会的种种现状，并且寻求想象性的可能。

科幻小说其实提供了一个不同于现实的时空。在这样的时空里，女性可以摆脱当下现实中对于女性的规则标准以及束缚她拥有更多可能性的限制，去想象一种多元的性别认知、权利结构，以及平等公正的对待。

　　这就是我对于科幻现实主义最大的期望——它不光是作为一种文学而存在，更是作为一种认知、反思、改造现实的文学形式与行动，它理应由文本走入现实，能够带动更多人借由自己的日常生活改变这个世界。

　　希望在未来，无论是在想象中还是在现实里，我们能有更多精彩的女性。

中国赛博朋克：
从写作实践到现实建构

今天，我想要更深入地去探讨一下，我们在讨论赛博朋克的时候，或者说讨论赛博格这样一种文化现象、一个科技时代符号隐喻的时候，我们到底在讨论什么？作为新时期的中国创作者，如果想要写赛博朋克作品，应该从什么样的角度去切入，如何去寻找到一种新的叙事视角和美学可能性？威廉·吉布森在今年5月份洛杉矶的星云奖现场被授予了终身成就奖，等于是奖励他在赛博朋克这一个流派里开创性的地位，以及将这样一种文化发扬光大，不光是在科幻文学的领域，也把它带到了科技、艺术、流行文化以及更广阔的一个视野中去。

那么，当我们在讨论赛博朋克的时候，我们到底是在讨

参见2019年象山艺术公社主题演讲。

论什么？我们一般会想起《银翼杀手》中的一个著名场景，想象的是一个 2019 年的洛杉矶，里面有非常强烈且巨大的东方主义日本艺伎形象。《攻壳机动队》将背景设置在香港，《新世纪福音战士》里展现了近未来东京的城市图景，《黑客帝国》这样一部跨世纪的、非常具有突破性的、从视觉到哲学意义上的赛博朋克集大成之作，其中有非常多关于东方禅宗的元素和思考。

其实赛博朋克从一开始就有非常强的东方色彩，会加入很多的东方元素，带来一种审美上的陌生化，或者说一种东方主义的凝视。这跟赛博朋克在 20 世纪 80 年代兴起的整个大的历史语境有非常强烈的联系。如果脱离了历史、科技、文化种种背景，单独去谈论美学上的表现，我觉得就是舍本求末。

回顾《神经漫游者》这样一部历史性的作品，它诞生于 1984 年，美国正处于里根执政时期。从 80 年代早期美苏争霸的白热化到 1991 年苏联解体的历史性转折，在这过程中，日本作为亚洲经济的新生力量，在各方面包括地缘政治、科技以及流行文化强势崛起，都给当时的赛博朋克带来非常强大的影响。同时美国国内传统保守势力抬头，社会不平等趋势加剧，嬉皮运动回潮。我们不仅要看到社会层面的东西，也要看到包括里根主义的地缘政治方面的变动，里根在军备竞赛上投入了相当大的资金和资源，包括我们所熟悉的"星球大战"计划，其实就是他大力去支持一个非常科幻式的太空军备竞赛。在这样的一个军备竞赛里，其实是为了在太空建立起一套防御体系，去拦截苏联的核导弹，避免美国本土遭到毁灭性的打击。

当时"星球大战"计划背后有非常多的专家智囊团甚至科幻作家起到推动作用，这个项目一共投入了上千亿美元这样庞大的预算。当然，最后也是不了了之。现在有很多人认为，当时"星球大战"计划整体就是一个骗局，是为了对抗苏联所提出的一个幌子，让苏联在加剧的军备竞赛里投入庞大的支出，最后拖垮了整个苏联。

我们在历史上可以看到非常多有意思的类似之处。在科技上，我们可以看到当初赛博朋克整个美学形态，其实非常强烈地受到了当时一些电子消费设备影响，包括非常消费主义的一些产品，比如说苹果Ⅱ型的PC机进入市场，最后进入每个家庭；比如MTV这样一个代表美国流行文化，后来变成全球性流行文化的符码；比如当时非常经典的雅达利游戏机，其实只有非常粗糙的低像素、低分辨率、低饱和度的视觉呈现效果，后来雅达利推出了VR（虚拟现实）系统。

所有消费类电子产品或者说大众文化上新风潮的兴起，对赛博朋克如何变成我们所理解、所熟悉的这种样态，其实有非常大的美学上的影响和意义。我们也可以来看一下，在 20 世纪 80 年代，到底有一些什么样的科技上的突破以及在科技叙事话语层面有一些什么样的建构，促使当时一些作家去产生这样的一种想象。

自 20 世纪 50 年代开始，电子计算机的研发就开始在美国军方实验室里展开，包括 1948 年维纳提出的控制论，最早是将机器与生物进行类比，希望通过建立正负反馈机制来提升机器或者人的运转效率，带来一个想象的自动化社会。自 60 年代开始，出现了网络技术，包括 ARPANET 系统，就是当时美国军方内部为了防空防御系统而建造的互联网，网络技术带来了信息社会或者说知识工人概念的生成以及普及。到了 70 年代，微处理器、微芯片的突破性发明让 PC 由此诞生，个人终端形式的信息处理系统，带来所谓的后工业时代的想象。每个人不一定要去工厂，不一定要去办公室，他可以在家里有一台属于自己的机器，在这台机器上，他可以去处理很多的日常工作，这就把后工业时代的概念带到了大众话语体系里。到了 80 年代，VR 开始有商业性的应用，但还是非常粗糙，当时有一款任天堂出的非常早期的 VR 游戏，左眼播放红色偏振画面，右眼播放蓝色偏振画面，以此来制造一种 3D 立体视觉效果。其实非常多的这种赛博朋克风格画面，都是红蓝光交织的效果，是为了模拟这种红蓝偏振光美学风格。基因编辑技术、纳米技术等新技术的突破，也是后来出现在赛博朋克里关于升级改造人体的主题。托夫勒在20世纪80年代提出"第三次浪潮"概念，更多的人包括科幻作家开始去想象新的社会形态，这种新的形态不光是在物理层面上社会体系的建构，同时，整个虚拟层面，也就是所谓的赛博空间，也被带到我们的叙事层面里来。

了解传统的赛博朋克风格的历史化建构后，再来看看我们所处的这个时代面临着什么样的想象，面临着什么样的都市化图景。

20世纪80年代所想象、构筑的赛博朋克式未来都市的场景，已经在当下成为现实生活经验的一部分，甚至比当时想象的还要更加超前一些。比如说有非常多的外国朋友来到中国，看到深圳、上海、杭州，他们会觉得这里就是未来。因为他们在这边可以用手机去解决绝大部分问题，都不用带现金，在城市生活里完全无支付障碍，但是欧洲很多的发达国家其实还没有达到这种水平，包括超高速的"复兴号"列车，以及深圳晚上摩天大楼外墙非常宏伟的、色泽艳丽的LED屏。

对于外国朋友来说，这是一个非常东方式、非常未来的城市图景。在这样的一个环境里，我们现实的科技，比如人脸识别、大数据和人工智能，其实远远超出了西方世界所能接受的程度。美国加州不久前通过一项法案，就是在公共场合不允许用人脸识别技术。欧洲非常多的国家对于个人数据以及隐私有着严苛法规保护，并对一些大企业的违规操作开出罚单。但是在中国，你去高铁站、坐飞机、住酒店，都要经过人脸识别。这肯定是一把双刃剑，会带来极大的便利，同时个人隐私也是处于一种过度暴露的状态。在这样的一种大环境与历史背景下，我们如何去想象一种所谓新的东方赛博朋克美学？

从 20 世纪 90 年代至今，星河的《决斗在网络》、杨平的《MUD——黑客事件》、七月的《震荡》、王晋康的《七重外壳》，都是中国科幻赛博朋克式的实践。现在回过头来看这些故事，其实是对于西方或者对美国传统赛博朋克的中国式改写，看不到太多关于中国特殊的网络社会形态，或者说中国人在这样的环境里会有什么不一样的情感模式反应，以及人与人之间关系的建构的描写。

回看赛博朋克所讨论的几大主题，第一点是身体的改造，不管是通过植入式还是基因编辑的方式去进行改造；第二点是对于大众媒介及流行文化的反思，这在菲利普·迪克的作品里有很深刻的探讨；第三点是对于大公司的批判，在赛博朋克经典小说里，国家已经不存在了，所有社会层面的运营都是由大公司来解决，《雪崩》里整个美国是由一个巨大的公司来进行操控；最后一点，在风格上有非常强的浪漫主义色彩，包括营造的叛逆、反英雄的个人形象。所有这些赛博朋克表现的主题、探讨的意义、美学上的风格，在当下这个时代，在中国语境下是否成立，我们应该以什么样的姿态、什么样的视角去展开新的想象，是必须要去思考的问题。我们不要去简单地复刻改写来自西方经典形态的赛博朋克故事，而是要去寻找到根植于我们当下经验、当下中国语境的一种新的东方式的赛博朋克的叙事。

我觉得，所有美学其实根植于一个哲学价值观体系，或者说最后会归根到精神信念。

在西方基督教的话语体系里，会有非常强烈的二元对立思维模式，包括光与暗、神与人、天使与魔鬼、天堂与地狱等等。反观东方，至少从儒释道这三个比较主流的、所谓宗教式的意识形态来讲，可以看到这样的二元对立相对淡化，比如儒家的和谐、中庸，道教太极里面的阴阳八卦，互相转化彼此圆融统一。我觉得这些概念都是非常好的、值得反馈在我们赛博朋克写作里的主题。High tech, low life 这种"高科技，低生活"的赛博朋克主题怎样去重新定义？在当下，low 是不是只能用这种比较表象的肤浅的方式去表现？low 在美学上是什么样的效果？在赛博朋克里，这可能跟 80 年代的低分辨率、低多边形、低对比度、低饱和度的

美学效果有关。在当下，我们特别追求高清，电视要看 4k
画质，听音乐要高保真无损格式，看电影要 IMAX，追求一
种最清晰的呈现效果。在这样一种高清的生活里面，我们怎
么样去寻找一种 low 的状态，我觉得这也是一个非常有意思
的议题。

对身体的改造，一直以来就是赛博朋克的核心命题。在
传统的笛卡尔哲学体系里，身体与心灵（或者说意识）是一
种长期二元对立、被割裂的状态。在当下的认知科学里，非
常多的具身认知研究告诉我们，身体其实是每个人认知感受
世界的非常重要的过滤器，或者说界面。对应到东方古代思
想，即认为身心是统一圆融的状态，比如在武侠小说或电影
里，通过修炼武术秘籍提高身体机能的同时，会获得一种突
破性的认知，那种突破就是所谓的打通任督二脉的感觉。
我们是否能够把它结合到新的赛博朋克对技术的书写与想象
里，继续探讨人的心灵结构上到底会发生什么样的变化？这
也是我特别感兴趣的。

关于人与技术／器物之间的关系，西方会非常强烈地把
人跟科技进行对立，比如电影《银翼杀手》的原著《仿生人
会梦见电子羊吗？》里就有非常强烈的这种倾向，科技的发
展会导致我们与自然生活状态、与自然界的割裂对立。在东
方，我们会更多去思考人类怎样与我们的创造物——器，我

们所运用的规律——道，以及方法论——术，去进行更加有机、圆融、和谐的统一。比如日本住友集团开始用一些机械外骨骼帮年纪比较大的人减轻他们的移动负担，这对老龄社会非常友好。大众在长期受教育的过程里，其实并没有很清晰地在科技可以做和不可以做的事情之间画一条界线，其背后关于道德伦理以及人的价值的思考，也是应该在赛博朋克写作里进行重点讨论的问题。包括非常中国式的赛博格的存在，比如将不同媒体的装置放在自己身上的女孩，她可能是一个记者，一个主播，一个网红，像这样的形态，其实在我们日常生活里已经非常普遍。这并不是像西方一样被强行植入的侵入式的人体改造，更多的是一种主动的拥抱。因为这样一种人体性能上的改变，可以让她得到更多在日常生活里无法获得的一些便利、资源与关注，甚至带来经济地位上的提升。所以像在中国这种有意思的语境里，对当下的大众媒体或者说流行文化而言，这是一个非常强烈的隐喻或者反思的象征符号。

在这里我要向大家推荐一部纪录片，叫《中华未来主义》，时长大概是六十分钟，分为六个章节，从赌博、学习、上瘾、游戏等方面去讨论当下技术如何去改变中国人的生活以及整个社会的形态。

在当下，赛博朋克并不仅仅影响我们的写作，同时也在入侵艺术创作甚至时尚文化的氛围。我的朋友陆扬是一个新媒体艺术家，在一系列作品里，她将东方的一些元素包括地狱的概念、人体经络穴位的概念跟西方式的电磁刺激去结合，建立起一个非常东方式的赛博朋克空间。时装设计师 Xander Zhou（周翔宇）在近年的每一季度设计里都非常强调这种赛博格或者说科幻概念。之前他有一个系列叫 Techno-orientalism（电子东方主义），包括这次 2019 年最新一季的服装设计，包含了非常强烈的东方色彩以及改造人体的后人类想象。

从写作开始，我也跨界与视觉艺术家合作，新近在做世界经济论坛"未来冲击"年度报告合作项目《情感谬误》，与西班牙插画师 Tarek Abbar 合作。它讲的是在近未来的一个苗寨，人们其实是为 AI 打工。他们在一些情感标注车间里，每天会看很多视频，这些视频是真实生活里的数据流，他们需要对这些数据上的一个个人脸表情进行标注，这些标注最后会帮助 AI 更好地理解人的情绪。故事讲的是在这样高度理性、数字化的社会结构里，情绪是最后驱动整个社会、整个世界运行的基础力量。这些工人是生产者，也是消费者，在标注这些情绪的时候，他们自身的情绪也在被标注。

此外，我跟意大利的插画师 Jacopo Cicarini 一起合作了漫画，根据我的短篇小说《开光》改编。《开光》讲的是北京中关村的一家创业公司帮助一个科技产品做市场营销，这个产品可以把被 PS 过的照片一键还原，比如说 PS 过无数次、祛痘拉皮了的照片，它可以一键就把照片完全还原成初始的样子。这家公司请了一位大师给 App 开光以作为营销的噱头，产品投入市场之后，被用到工程师所没有想象到的一些地方，市场营销人员被卷入了一场巨大的阴谋，是一个非常荒诞地将互联网科技结合佛法来表达讽刺的故事。

《荒潮》的故事背景设置在近未来的中国潮汕地区，也就是我的家乡，讲述的是一个名叫"硅屿"的电子垃圾回收中心，在那个地方有非常强烈的阶层冲突，最底层的垃圾工人女孩小米最后因为受到了病毒感染，变成一个半机器的赛博格。在小说里，我将巫术、中国传统仪式跟当下科技做了对接。巫术或者说魔法与科技之间，其实具备非常强的同构性。我觉得在中国当下的土壤，这种同构性是特别适合去探索、营造的一个方向。

我总结出几个关键词去重新想象或者定义赛博朋克，试图让它更新、绽放出新的活力。

第一组是 set 和 setting。set 其实就是我们对于当下的语境、对于每个人的状态的一种重新想象；setting 就是世界观，即在新的地缘政治的状态下，我们怎么样去想象未来可能发生的世界格局的变化。在写作《神经漫游者》之初，威廉·吉布森没有想象到几年之后苏联就解体了，所以在小说里面还有苏联的存在。他也没有办法想象到，在21世纪，中国会变成一个超过日本的庞大的经济体，所以小说背景还是设置在日本千叶。所以很多时候，我们需要不断调整对未来的思考。

第二组是 configuration 和 regulation，是对于科技的两种想象。configuration 是参数化，regulation 是对科技的规则制定。在这两者之间，代表着从技术层面到法律层面乃至政府运管层面，对科技有着不同的理解和想象，在这种理解和想象的错位与缝隙中，可以寻找到非常多的叙事空间。

第三组是 transform 和 modification。在当下，我们的身体已经有一些植入式的或者外围设备之后，我们怎么样去想象新的变形，怎样去想象一种新的对身体乃至于对意识的改造？这其实是一件非常难的事情。

第四个是 hyper reality。所谓的大众文化、媒介环境已经变成现实里非常重要的一个层面。我们所接受的所有现实，都来自媒介的过滤、阐释、发明，所以我们面对的是一个后真相的时代。在这样的一个时代，我们需要思考如何去书写现实。

最后一个，我把美学 aesthetic 的前两个字母调换位置，得到了 east-hetic，即"东方的美学"。我们应该如何去建构它？在传统赛博朋克里已经有非常多的东方元素，新时代的东方元素应该是什么样的？应该如何去区别于旧有的所谓东方主义式，或者说殖民 / 后殖民主义式的凝视？我们要以什么样的立场和视角去发掘自身新的价值观和美学体系？我觉得这是新赛博朋克或者东方赛博朋克需要去解决的一些核心问题。

为什么要写一部
关于电子垃圾的科幻小说

    今天我想简单谈一谈我的长篇小说《荒潮》，这也是迄今为止我唯一一部长篇小说。在讨论故事本身之前，我先来说一下大概的背景信息和我的灵感来源，也就是为什么我希望写一本关于中国近未来图景与电子垃圾回收相结合的科幻小说。

    早在 2011 年的时候，我回了一趟自己的老家汕头，这里也是中国几个经济特区之一，建立于 1981 年，和我一个年纪。那次回家我见到了一个朋友，他同我谈起了贵屿这座小城的地理位置以及面临的一些问题。当时，我的朋友在一家美国垃圾处理公司任职，他告诉我，他们公司希望可以引进一些新的技术去升级当地的垃圾回收产业，不过出于种种

参见 2019 年伦敦中国科幻研讨会。

原因，一直没能和当地政府达成合作。

这是我第一次听到贵屿这个地方，后来我也做了更深入的了解。我发现，在那个时候，贵屿被称为"世界电子垃圾处理中心"，但电子垃圾的回收却不都是通过合法的途径，网上的一些图片也使我深深触动，所以我决定亲自过去看一看。

我发现，这里一切都是混乱而无序的，垃圾处理工人没有任何防护措施，直接暴露在充满污染的环境中。他们试着在这些被遗弃的电缆或电子配件中寻找可回收的金属元件或含有稀土元素的零件。这样的生意对贵屿当地的环境造成了严重的破坏。土壤、水源甚至空气，都受到了这些电子垃圾的污染和侵蚀，更何况毫无保护的工人，他们是贵屿环境污染最直接的受害者。

我被这样的场景所震惊，也开始进一步了解现今电子垃圾污染是多么严重。我发现，贵屿只是冰山一角。在2016年，全球范围内共有4470万吨电子垃圾被制造出来，这相当于4500座埃菲尔铁塔的质量总和，而且这个数字还在逐年增长。贵屿的电子垃圾回收产业之所以能持续红火，正是因为电子垃圾总量的持续增长——而且从这些电子垃圾中分离取出的稀土元素也着实价值不菲，2016年全球电子垃圾回收产业的总产值达到了惊人的550亿欧元。

但是，为什么中国会成为世界电子垃圾回收产业的中心？根据政府和科研机构的数据统计，这些垃圾通常都是从北美、西欧等发达地区转运至发展中国家和地区，比如中国、东南亚、非洲等。所以，在发达国家与发展中国家之间有着巨大的不均衡性。在中国，虽然人均电子垃圾的生产量与美国还有一定差距，但也增速迅猛。中国的经济发展使得人们可以更频繁地更新自己手中的电子设备，不过这样的更新也带来了巨大的环境压力。于是，在 2017 年，中国政府发文禁止了 24 种垃圾的进口，其中也包括电子垃圾。同时，亚洲的很多国家也都实施了类似的政策，限制来自发达国家的垃圾进口，以缓解当地的环境恶化。

在此之后，贵屿建了很多电子垃圾回收工业园，尝试设计更多更高效、更环保的工业流程，并且加大了对垃圾工人的健康保护力度，所以现在当地的状况有所改善。贵屿居民也透露，当地空气和水源质量正在好转，但土地因为渗入重金属而需要更长的时间去恢复。

这同时也带来了另一个问题，即发达国家不能再通过"丢给中国"这种方式来处理本国的垃圾，所以他们更换了合作对象，将垃圾转运至我们的邻居，像泰国、菲律宾、马来西亚等地，同样也给这些国家带来了一系列的矛盾和冲突。比如，今年菲律宾就爆发了大规模抗议示威，反对回收由加拿大转运而来却无人负责的电子垃圾。这不仅仅有关垃圾回收，更是地缘政治的角力。

中国实行了更严格的垃圾回收政策之后，很多国家都在批评中国政府没有承担所谓"垃圾回收"的责任，但我们必须把眼光放长远，在国际政治的竞争中取得更多的话语权，在实践中慢慢发现平衡"垃圾处理""国家利益"与"环境保护"等多个方面的方法。我们同样也需要照顾当地的企业，所以升级垃圾处理技术，追求高效、安全，不失为一种比较合理的方式。同时，我们也需要鼓励每个人都为此作出贡献，强调每个个体对环境保护所应有的义务和责任。我们还需要加强国际合作，建立垃圾运输的追踪体系，阻止一些地下、非法的垃圾转运。有些垃圾集装箱的标签用"电子设备"这样中性的表达企图瞒天过海，由此造成很多不合法的垃圾输入。此外，垃圾处理工人的健康问题也是值得注意的。目前他们没有受到足够的保护，不管是身体还是精神上都在忍受垃圾处理这份工作所带来的压力和侵害。我们可以看到，实际上现在中国政府在改革垃圾回收产业的过程中起着主导作用，所有其他非官方的渠道，包括非政府组织、企业、科研机构、电子垃圾的供应商以及个体，都应当意识到，中国并没有这种"丢弃式"的文化，也并没有多少空间可以被用来堆放人类制造出的垃圾。

这就是我希望在我的故事里能够涉及电子垃圾的原因。有很多人问过我，既然想谈一谈环境污染的问题，为什么不将其放在纪实文学中讨论，而去写一本科幻小说？对我来说，科幻小说具备别处无从寻觅的隐喻作用，它可以超越"当下"的局限，将一些适用于所有国家、所有文化的文学象征融入对于"未来"的想象。所以，在科幻体裁中，对环境问题的关注可以被普遍化至更广阔的社会背景之中，读者也更愿意去思考他们的个人行为能够怎样影响我们的环境，或者素未谋面的垃圾工人的工作和生活现状。

这个故事能够在今年迎来它的英文版，而且其他语言版本也在校对出版的过程中，我感到十分幸运。我感觉近年来环境问题也越来越多地受到人们关注，不论是通过自媒体还是大银幕，环境问题的紧迫性已经迫使更多的作家或艺术家以"环境"为关键词从事他们的创作。我也想邀请在座的大家一起来重新思考一下我们能为环境保护作出哪些贡献。

两个月前我参加了大连夏季达沃斯论坛，碰到一个来自印度尼西亚巴厘岛的十六岁姑娘。她成立了一个名为"Bye Bye Plastic Bag"的组织，向当地政府施加压力，促使更多环保政策落地和实施，以减少塑料袋的使用。我想，既然一个十六岁的姑娘能够取得如此成就，那我们一定也能做到很多。当我们购物或扔垃圾的时候，我们需要想一想，这些东西都是从哪儿来的，又将被运往何处。我们在丢弃有毒垃圾的同时，这些垃圾又会给我们的生活带来哪些影响？我先自顾自地讲到这里，希望我的分享能够给大家带来些许启发。

对谈 TALK

马辰：现在很多人都在讨论中国科幻与西方科幻之间的关系，对您来说，中国新生代科幻在整个中国文学史中处于一个什么样的位置？同过去比较边缘化的地位相比，科幻小说在中国的影响力有没有增强？中国科幻和主流文学之间的交流和互动有没有取得新的进展？

陈楸帆："科幻"作为一种外来的文学体裁，传入中国仅仅一百年左右的时间。在西方，通常意义上的科幻小说可以追溯到两百年前的《弗兰肯斯坦》，所以在中国，科幻仍然是比较年轻的题材，同主流文学相比，它的地位也是相对边缘化的。但近年来，中国科幻发生了很多变化，尤其是在《三体》获得雨果奖，以及《流浪地球》在院线大获成功之后。现在看来，人们对于科幻显然越来越重视。

《流浪地球》现象级的成功直接促进了中国科幻的发

展。从国家层面来讲，一直以来政府都在试图以科幻作品来作为普及科学知识的途径，这也是 20 世纪 50 年代由苏联传入的科幻传统认识之一，甚至有时科幻作品还会被用作政府宣传的渠道之一。他们相信，科幻可以激发人们的创造力和想象力。但是众所周知，西方传统中的科幻作品拥有对现实的强烈批判和质疑，比如说《1984》和《美丽新世界》，我们也一直希望人们能够越来越多地关注科幻本身所具备的这种"反思"力量。同时，主流文学研究也开始重视科幻小说所蕴含的价值。现在，学者们更多地在探讨中国晚清科幻小说的发展历史，因为那时的科幻小说"启蒙"的目的非常鲜明，包括鲁迅、梁启超在内的诸多文豪都从事过科幻小说的翻译和写作，试图用这种方式挽救当时外忧内患的中国。鲁迅早在 1903 年就根据日文版翻译了儒勒·凡尔纳的《月界旅行》（《从地球到月球》）。遗憾的是，他们的尝试大都失败了。

我认为，近年来科幻小说在中国的迅猛发展，反映了中国经济、科技方面的长足进步。在地缘政治方面，国际社会也越来越密切地关注中国科幻的发展，试图理解中国人对现在 / 未来以及人类 / 科技之间相互影响的想象和刻画。今年年初的时候，我去柏林参加了一个很有意思的研讨会，他们通过科幻小说探讨了中国与欧盟 2035 年时双边关系的各种可能性，以及科学技术潜在的发展方向。我想这也是科幻作品的核心作用之一，即讨论各式各样的"what if"，以此让人们能够感受到科技的发展给社会各个层面带来的变化。这也是科幻在中国大受欢迎的重要原因，每个人都希望通过这个体裁来实现某种程度上的未来预言。但我认为这样的想法有点太"实际"，科幻不应当被赋予这么多文学之外的功能和作用，它只是一种叙述方式和技巧。或许你可以从某个具体的故事中解读出很多内容，甚至有很多连作者都没有意识到的内容，但科幻本身是复杂的，难以用简单的三言两语概括其所有潜在的可能性。但不可否认，科幻已经成为中国乃至世界上最重要的文学体裁之一。

Angela Chan："科幻"的确是一种特殊的、跨领域的叙事方式。请问您有没有考虑过将《荒潮》改编为一部电影？您是否认可电影中所涉及的视觉艺术与科幻元素的结合？

陈楸帆：实际上，早在2015年，《荒潮》电影的改编权已经被一家英国的电影公司买断。现在我们已经有了一个比较完整的剧本，但还没有进行到实际拍摄的阶段。在《荒潮》的英文版出版之前，我们只有一部分章节有英文翻译，但还是取得了一定的影响力，这也成为制片人看中这本小说的原因。从小说到电影改编，这中间肯定是需要一些时间的，而在中国，由于尚不完善的电影制作流程，这个时间甚至会更长。虽然《流浪地球》取得了票房的成功，但这并不意味着我们已经有能力成规模地涉猎科幻电影。写一本小说与拍一部电影非常不同，这种内容的跨媒介转换非常困难，很多导演也都会先尝试一些改编难度比较小的作品。但这从来都没有绝对意义上的"简单"一说，因为改编时肯定要对作品的整个结构做大面积的修改。读一部小说，你可以花十几二十个小时慢慢体会故事的细节，但一部电影最长也就两个多小时，所以导演必须保证自己能够抓住观众的注意力，电影中的情节和角色也都有着比较直接的叙事作用。这是一种不同于小说的连贯性，电影中的故事线、角色刻画、母题和情绪的变化，以及这些元素之间的互动必须天衣无缝。

一部《上海堡垒》告诉我们，科幻电影的改编并没有想象中的那么容易。这也是电影改编最困难的地方，而原创的科幻电影制作就更加困难。很多的剧本作者或许有能力对现有作品进行一定程度的改编和再创作，但还没有能力进行原创性强的想象和世界观设计。对我来说，我在同时参与很多不同的项目，比如电视剧、动画的制作，但这个过程会花费相当长的一段时间。我个人并不是制片人，因此在很多事情上说了也不算，所以我先静观其变，看看后面会发生什么。如果有一天我试着导演一部电影的话，我会从小一点的项目开始，这样我也有能力掌控。我个人更喜欢小成本的科幻恐怖片和 B 级片，这些更符合我的口味。

　　马辰：作家本人对自己作品的看法可能通常与学术界或读者的评论不尽相同，不论是文本还是改编的电影。现在有很多学者在讨论科幻小说在审视环境问题时所表现出的"模糊性"，而您之前谈到小说中的环境叙事实际上表现了人们所需要具备的"生态意识"，但故事最终变成了不论我们做什么，我们总会被困在这样一个环境恶化的世界中，无路可走。我想小说结尾也在一定程度上暗示了这一点，世界上仍然有数不清的垃圾岛顺着洋流漂来漂去，我们却没有更好的办法去改变这一点。即便针对贵屿本身，它的问题仍然没能真正解决，仍然受制于一种资本主义的话语。您刚才提到了每个人在环境问题中所应该承担的责任，但同时在故事中构建了一个"不论我们怎样做都无法改变任何事情"的未来。您怎样看待这种"模糊性"？在您的故事中，您试图向读者传递一种什么样的信息？

　　陈楸帆：对我来说，故事的结局与中国的现状紧密相关。我们现在还没有一个非常完备的解决方案，还需要很长的一段时间。我一直都将科幻小说与现实主义相联系，我把它称为"科幻现实主义"。所以这种"模糊性"是必要的，因为我不想搞一个大团圆结局，稍微留一些悬念和遗憾，可以让更多的读者去思考故事背后的价值。更重要的是，每个人可以从中看到环境污染的后果，可以看到消费主义文化中我们每个人的行为所带来的危机。这样的消费主义，也正是资本主义最核心的驱动力之一。每个人都在整个社会网络中有自己特定的位置，而所处位置的不同，也就造成了人们对世界理解的不同。实际上我现在正在写《荒潮》的续篇，同样也和垃圾有关，但不仅仅局限于实体的垃圾，还会涉及一些"精神垃圾"或"精神污染"。我想从精神的角度，来思考每个人的内在矛盾，或许我们就可以从中找到处理现实世界问题的方式。

Angela Chan：您提到不同的人在不同的社会位置中，所应承担的环保责任也不尽相同，我想《荒潮》同样谈到了一些社会矛盾。在您构建的故事背景中，这样的矛盾主要是外来务工人员与本地居民之间的冲突。您有没有在故事中考虑到，比如在广东，很多来自其他国家和地区的劳工也在慢慢融入中国的社会网络。从您的角度来看，您是否认为科幻小说同样也可以讨论有关话题？

陈楸帆：这个想法很有意思。在我成长的环境中，有很多外来务工人员，我不得不承认，很多本地人对他们是有一定偏见的，不管是语言、口音上的差异，还是生活方式甚至食物喜好的不同，所以在《荒潮》中，我也在尝试融入不同的元素，讨论不同的矛盾。我希望由此传达，中国幅员辽阔，其文化也是多元、复杂的。我们每个人的背景和想法都不尽相同，但我们都有一个共同的文化认同，即我们都是"中国人"。

这也是我为什么要在故事中表现如此丰富的地缘文化元素，虽然这样给译者带来了额外的负担，但刘宇昆似乎很享受这个过程，他喜欢保持作品语言的"本真性"。虽然我在故事里使用了很多方言，每种方言都有它特定的表达方式甚至俚语，对我来说，准确把握每种方言也是十分困难的，不过这一点刘宇昆做得很棒。

同时，广东现在有很多来自非洲的移民，这也是很有意思的话题。中国与非洲文化有着巨大的不同，但现在大家却同时生活在像广州这样的城市，很多非洲人也可以流利地讲普通话甚至粤语，这种文化层面的融合使得整个文化背景变得更为复杂。我也将这种现象写进我的小说中，虽然每个人都会说中文，但他们对当下社会的感知，受制于原先所处的文化环境，显然是截然不同的。在科幻作品中，人们总是在试图建立"超现实"的社会背景，可以将所有元素融合在一个故事中，而这也是我尝试做的事情。

Yuki：您当初是怎样开始写作生涯的？您通过哪些方法提升自己的写作水平和叙事技巧？

陈楸帆：我在十几岁的时候就开始写一些小的作品了。小的时候我也会去看一些科幻文学或影视作品，比如《星球大战》和《星际迷航》，因为我当时在广东，所以可以蹭香港的电视信号。我曾经也写过一些太空史诗的作品，和《星球大战》比较相似，而且我的父母对此也非常鼓励，这在当时难能可贵。所以我想我的写作生涯大概就是从那个时候开始的，但在十六岁之前，大多数情况下我只写给自己看。十六岁的时候，我在《科幻世界》上第一次发表了短篇小说，甚至还赢得了一些奖项。从编辑老师和读者们的反馈中，我收获了很多自信，所以我不停地写新的作品，不停地收到更多的回复，从这些回复中我可以认识自己的长处，也逐渐补足自己的短板。在那之后，我有幸被录取到北京大学学习中国文学，从而读到了很多经典作品。这些经典塑造了我的文学观和历史观，也逐渐构建了我的知识结构，让我了解古今中外的一系列文学和哲学流派。

我也尝试了不同的写作风格，但直到现在，我写完一篇故事之后仍然不愿回头再看一遍，因为还会感到些许尴尬。我一直试着让自己的作品变得更好，对于作家来说，保持进化的活力至关重要。一旦你的风格变化陷入沉寂，就会走进不停模仿别人或自己之前作品的死胡同。所以我们也需要不停地踏出自己的舒适圈，去尝试很多新鲜的事物。今年早些时候，我写了一个中篇，是以纪录片剧本的形式。这个作品最近也被译成英文，是关于科技对人类繁殖的影响。这个故事就像不停闪动的幻灯片，在不同的历史时期，记录了人们对于怀孕、生育的不同看法。这是一个实验性的作品，但我很高兴能够看到很多人对它的讨论，这个故事不论受欢迎与否，它都已经实现了自身的价值，也能够表达我试图传递的信息。

Yuki：您是怎样保持合理的写作时间？您大概需要多少时间来准备一部长篇小说以及完成写作呢？

陈楸帆：长篇的话，大概永远也不能说"完成"之前的准备。我必须收集尽可能多的材料，但实际上这是个没有尽头的过程。所以我还得强迫自己停下来，否则陷入收集的过程不能自拔，那之前收集的材料都将是无用的。但是，短篇就简单很多了。如果我觉得短篇的素材准备得差不多了，用一到两个星期就可以完成。但就长篇来说，我也要克服一些精神上的畏难情绪，尤其是续篇。我们一直讲"第二小说综合征"，当你出版第一部作品的时候，你只是个新人，大家还是很包容的，不会过度批评这部作品。但对于第二部作品，人们就会有不同的评判标准和期待值，读者不再吝惜他们的批评。我认识很多作者，他们大多都有这样的"综合征"。但我还是在慢慢写《荒潮》的续集，大家不要着急。

LZ：您怎样看待科幻小说中"科学"的价值？比如您在《荒潮》中谈到了电子垃圾的毒性及其给人们身体健康带来的影响。我感觉环境问题还是稍稍有点敏感。您在写作的时候，会对此有特殊的感觉或想法吗？

陈楸帆：对于第一个问题，我对我的作品中出现的科技元素还是非常严谨的。我会在之前看很多材料，甚至包括一些学术论文，或是咨询我的科学家朋友们。虽然不能保证所有这些科技元素都是百分百正确的，但我会试着让故事尽可能更可靠。我曾经也写过一个关于小行星采矿的短篇，这个过程中我一共看了大概五十万字的相关资料，甚至有NASA的报告，尽量让故事里的每个细节都经得起推敲。对于第二个问题，的确环境问题一直以来都比较敏感，现在各国正在加大环境保护方面的力度。《荒潮》的第二版也在付印的过程中，与2013年的第一版相比，我在里面也做了一些改写。在这个时间点发行第二版是经过深思熟虑的，因为最近一段时间环境污染一直都是热点话题。

Angela Chan：您刚才提到在新版的《荒潮》中做了一些改写，这些改写指的是哪方面的？

陈楸帆：主要是细节上面的改写，比如一些小的故事情节，或者角色的刻画，主要是为了能和英文版契合得更好，尤其是在性别描写的角度。

Angela Chan：您在新版的故事里有没有更新对"小米"这个角色的描写？在科幻作品中，女性的"受害者化"一直是人们辩论和批评的话题。您在这个方面有更多地思考吗？

陈楸帆：其实我在之前还没有意识到中国科幻会有这样多的性别争议，直到我在《荒潮》翻译的过程中同美国的作家和出版社接触。这个时候我才发现，有这么多的地方会被认为是性别偏见甚至歧视，而只有当你跨出之前所处的语境，从新的角度思考的时候，才会对此有所察觉。比如说，我们有时会使用"美女作家"这样的词语，没有人会认为这是一种冒犯，但如果是在美国，可能有些人就会认为这样的表达的的确确是对自己的一种侵犯。我和我的美国编辑讨论过这个问题，她一直问我，为什么你的故事里都用"单纯"（innocent）或"脆弱"（fragile）来形容女性形象呢？其实我的初衷倒是很单纯的，《荒潮》中的小米刚成年，来自不发达的内陆地区，在硅屿这里人生地不熟，所以我下意识地觉得她很单纯、脆弱。但后来我意识到，我在使用这样的形容词的同时，正说明自身有着之前没有意识到的性别刻板印象。

马辰：在您描写"小米"的时候，有没有考虑过这样一个女性角色所蕴含的象征意义？有些学者表示，在中国文学的传统中，作者通常都将女性形象同国家或民族创伤相关联。您在创作的时候，有没有想过这方面的问题？有没有在"小米"和"民族创伤"之间建立联系？

陈楸帆：实际上并没有，我只是觉得这样是顺其自然的描写。因为在那样的情形下，女性或是外来劳工，更容易受到虐待、欺凌，所以我更倾向于这是一种现实主义的描写。这也是我为什么让小米完成了她的复仇。不论是在中国还是世界范围内，女性通常都会受到额外的伤害。

可以：我能够感受到您尝试在读者中建立一种社会责任感，因为科幻小说一直都是一种可以塑造、影响、想象未来的媒介。但在很多作品尤其是商业科幻作品中，造成环境问题的主体是大企业、大家族或政府相关的大人物，而解决问题的都是个人英雄。在这个过程中，普通人要么是无辜的路人甲，要么沦为受害者。个人读者恐怕会感觉自己没有办法干涉或参与到这个问题中来，反而会拉远他们与这个问题的距离。在科幻小说中，如何才能够构建您说的这种个人社会责任感？

陈楸帆：在我的故事里，大家都需要参与到解决问题的过程中来，没有一个人能够置身事外。我试着把所有人、所有角色都涵盖其中，因为所有人都在书里描写的暴行中占据了某一个特定的位置，同样，每个人都需要为寻找解决问题的方案贡献自己的力量。某种程度上，这也是一种另类的、在技术辅助之下的民主。你刚才说得很对，在描写这些公司与个人英雄之间矛盾的时候，确实有一些刻板印象，这是非常赛博朋克的特征。但对我来说，如今这个范式已经没有那么受欢迎了，因为每个人都深刻地参与到社会网络的构建当中，我们都是赛博格，都受到这些可见或不可见机制的控制。如果我们需要与某些事物做斗争，那便是我们自己。这也是为什么我们现在呼吁"后赛博朋克"的出现，以此来反抗我们的认知和身体中资本主义或消费主义潜在的逻辑。这使得科幻小说的创作更加困难，因为你必须建构更多更复杂的场景，且同时能够讲述一个足够震撼的故事。我们要在新时代中，打造一种新类型的故事。

Rachel Hill：我注意到在《荒潮》中，您描写了很多动物的元素，有象征意义的动物，有数字化的动物，还有很多真实的动物。能不能请您简单谈一下您故事中的动物描写呢？

陈楸帆：我是个动物爱好者，从小就接触类似"动物目录"这类书籍或纪录片。我甚至能记得很多动物的拉丁文学名。我在很多其他的短篇作品中同样涉及了动物的描写，比如《丽江的鱼儿们》中描写的全息投影的鱼，同样是对现实的影射，这就是现实主义在科幻中的体现方式。我在《荒潮》中也描写过海豚，实际上这是有精神和宗教层面意义的，用来表现某种"服从"或"顺从"的含义。

马辰：我知道在您的另一篇作品《动物观察者》中，有着对动物更详尽的描写。

陈楸帆：对的。我想，在动物和人类之间有着很多的相似之处，我们总是试着将二者区分开来，但实际上我们每个人身上都有兽性，而在动物身上，我们也能够察觉"人性"的存在。我自己也养了只猫，它是我的情感寄托。它能够表达自己想要什么，甚至它自身的感情。我们不能说动物不像人类可以理解各种抽象的情感，那也是我们对动物的刻板印象。

人工智能都开始写小说画画了，
人类该怎么办

今年上半年，上海的《思南文学选刊》挑选了 2018 年 20 本最重要的主流文学期刊上的 771 篇作品，每一篇都用 AI 算法得出一个分数。AI 会以"结构的优美程度"为标准，给每篇小说画一条曲线，曲线均衡、优美的，就会得高分。

在前面提交的所有作品里，莫言老师发表在《十月》上的一篇作品一直是第一名，这样的结果让所有人心里都非常松弛，觉得这个 AI 还挺靠谱的，莫言老师毕竟是得过诺贝尔文学奖的。到了最后一天，上海的期刊《小说界》把它刊登的作品打包提交，算法结果出来之后，有一篇作品以 0.00001 分——小数点后四个零——非常微弱的优势超过了莫言老师，登顶 AI 文学榜的榜首。

参见 2019 年 GQ Focus "新技术如何改变我们的未来"主题活动演讲。

　　大家可以猜一下，登顶的这篇作品出自谁手？不好意思，就是在下。这个段子我能讲一辈子，这是我人生中唯——一次击败了莫言老师。

　　但关键不在于此，更有意思的是，我在这篇小说里用到了 AI 算法创作的一部分内容。2017 年下半年我跟中信出版社签了一本书，叫《人生算法》。当时我想从各个不同的角度探讨人和机器之间的关系，就突然想到，为什么我不能让一个 AI 来学习我的写作风格，把它写出来的东西和我写出来的东西放在一块？这样形式和内容都非常相得益彰。

　　因为我曾在谷歌工作多年，我就找到我的前同事、创新工场首席技术官王咏刚，他也是科幻迷，他一听非常兴奋，马上给我做了一个机器学习的模组。其实原理非常简单，无非是一些语料分析、排列组合和词频统计的工作。我把我所有作品压缩成一个数据包喂给机器，它经过学习以后，根据我输入的关键词，吐出来几段话。

　　关键是它不像微软小冰。大家知道写诗不需要很强的逻辑性，每两句之间可以非常跳跃，这种意象性和节奏感才是诗歌的本质。但是小说要求有非常强的故事情节，要有逻辑性。所以后来我围绕 AI 创作出来的这些段落，又写了一个故事，让读者读的时候觉得这些 AI 创作的部分在里面是合理的、有逻辑的。

所以，其实我不是让 AI 做我的写作机器，而是让 AI 成了我写作的主人。在这种非常有意思的人与机器的协作过程里，你会发现我们已经来到了一个非常危险的边缘——以往我们认为，可能只有人类才能够去做一些有创造力、有审美力、感性的工作，但是现在你会发现，AI 算法已经侵入了这些领域。

比如 2018 年 10 月有一幅画在佳士得拍卖行拍出了 43.25 万美元的价格，超出估价 40 倍。它其实是由 AI 创作出来的一幅肖像画，法国的一个团队让 AI 学习了 14—19 世纪间的 15000 幅肖像画，它分析了所有的笔触、色彩、构图等要素，生成这样一幅肖像画。在同一场拍卖会上，还有一幅毕加索的作品，两幅作品拍卖价格差不多。这样的一幅作品，你可以说有一些噱头的成分，但是未来也可能有越来越多这样的作品出现在拍卖会上，出现在画廊里，甚至是藏家手里。

这对于每一个从事艺术创作、人文行业包括创意行业的人来说意味着什么？我们会去想它背后隐含的逻辑，美是可以被计算的吗？大家现在用很多的美图软件拍照的时候，它会根据一个模板，把人物按照某个网红的五官比例、肤色、眼睛大小、瞳孔颜色进行匹配。这样的一种美代表着谁的审美观念？这样的一种权力掌握在谁的手里？如果美是可以被计算的，我们要问下去，真呢？善呢？爱呢？人呢？这些都关系到我们所信仰的"人之所以为人"的一些最基础的观念。

前阵子一个 App 非常火，它可以把一些影视作品里面的人脸进行自由替换。像这样的技术如果用到了生活里面，其实非常可怕，你可能在视频聊天的时候并不知道对面跟你说话的人到底是谁，因为它的技术已经能够无缝地换掉你的脸，甚至所有说话的口型和微表情都可以完全匹配上。

再来谈谈善。现在人们经常谈大数据，所谓的大数据其实都掌握在一些大企业手里。数据的所有权在于你，还是大公司？谁来决定如何使用这些数据？是否需要经过每一个人的同意？我不知道你们有没有经历过这样的事情，有一次我坐在车上跟一个朋友聊天，谈到了一个饭馆，过了一会儿，我拿起手机打开了某一个点评软件，里面给我推荐的第一家就是我刚刚说到的饭馆。这样的事情在我身上已经发生了好几次。我相信背后肯定有一些未经我允许的数据调用，有可能是语音，有可能是视频，有可能是自己根本不知道的一些数据，我们现在使用的这些科技可能远远比我们自己更了解本人。我们在思考科技在未来可能会重新定义美的时候，其实背后隐含着一个更深层的定义，就是我们要重新去定义人，包括人的位置、人的价值。

过去二十年里，中国的互联网产业或者说整个信息科技产业经历了突飞猛进，甚至可以说是狂飙突进的阶段，所有人都在追逐数据，追逐利益的最大化，这是一种"圈地运动"——怎样把所有的用户圈进来，变成流量，再去变现。

而现在我们已经过了之前二十年的人口红利阶段，到了一个相对平缓的阶段，在这个阶段，我们应该思考科技公司、我们所使用的这些技术和我们每个人的关系。

"科技文艺复兴"是我提出的一个概念，为什么我要把科技和文艺复兴放到一块？说起文艺复兴，大家肯定知道达·芬奇、但丁等，他们在中世纪快结束的时候受到新兴资本主义的驱动，提出要反抗神权，重新确立人的价值，他们要歌颂自然的美，要回到古罗马和古希腊的时代。

文艺复兴时期，人的精神得到了解放，这种解放后来变成了生产力的解放。那个时代和今天有很多可以类比的地方。现在很多人或者企业会把科技当成神一样的存在，它拥有权力、绝对的权威，可以掌控成千上万甚至上亿人的日常生活轨迹，那么在这个时代，我们是否也需要重新去思考人类的位置、人类的价值、人类的尊严在哪里？

当然我说的科技文艺复兴不等于卢德主义，不是19世纪拿着锤子砸织布机、蒸汽机的产业工人，我们现在做不到这样了，因为机器已经深刻地嵌入每个人的日常生活甚至身体里。我认识一个朋友，她是康奈尔大学的学生，也是一个美国赛博格联盟组织的成员。赛博格是什么？它是控制论和有机体的组合词，意思是人和机器的合体。她在自己的手背上植入了一块芯片，这样的芯片可以让她坐地铁的时候不用掏地铁卡和手机，手背一滑就过去了。

她所在的组织里充满了各种改造自己身体的尝试，他们相信人机合体才是真正的未来。有一些人把磁铁放在自己的身体里、手掌里，这样他就具有了一种新的感官，当他的手伸向金属物体的时候，会产生一种震颤感，就好像有某种超能力，像万磁王一样可以吸引某种东西。有这样一群人，他们非常激进地去拥抱未来。而我们今天探讨的是，我们和机器、技术以及算法之间到底应该是什么样的关系，我们想要拥有什么样的未来？

我觉得科技文艺复兴首先要珍视感性经验。理性在这个时代被高估了，所有的东西都可以被数据化，都可以用数字来进行衡量，我们每天摄入的卡路里、行走的步数、睡眠的时间都会被数字所掌控。反而是感性在这个时代被低估了，因为很多时候我们觉得感性是非常多余的东西，会阻碍你做很多决策，会让人变得脆弱、敏感，甚至有时候会让别人觉得你是一个不可控的、不稳定的个体。但其实那是因为我们还没有对感性的经验、感性的力量去做足够的发掘。感性，包括我们如何去理解对方的情感，其实是人类一项非常基础的能力，这种能力让我们可以协作起来，从个体变成一个部落、社会、国家、文明的整体。如果缺少了这种感性的能力，我们永远只能是一盘散沙。

其次，我们要重新校准理性。这句话如何理解？刚才我说的那些所谓的"理性"其实只是一种功利主义的表现，我们制订的所有目标只是为了最大化我们的利益，最快、最强地发展我们的经济。但是到了现在，我觉得需要重新校准理性，不要再去迷信之前走过的路，不要再迷信权威，要重新思考怎样才是最重要、最有利于大部分人的理性。

然后，要尊重人性之美。这是比较大的一句话，但是在科技层面有很多可以做的事情，比如如何让一项技术公平地造福所有人。现在一些边远地区，很多儿童想要的可能并不是书籍，而是一部手机，为什么？他们想要用它来玩游戏、看短视频。大家知道，在这样一个算法时代里，所有算法的目的都是让人上瘾，让更多的用户花更多的时间在它的平台上，产生更多的流量，但是它并不为用户考虑如果沉迷其中会产生怎样的后果。

此外，我们还要去接受多样性。打比方说，每天我们接收的信息其实都是由算法给你推荐的，你看过、点过，它会标注你对这样的信息类别感兴趣。昨天我吐槽淘宝有个算法很蠢，有个女生买了条裙子，它就一直给她推送类似的裙子，有个人买了冰箱，就会一直推荐冰箱，可是谁会一直买冰箱呢？所以说这样的算法其实还不够智能，我们看到的信息、我们能做出的不同选择其实非常有限，你以为你自己在做选择，其实并不是。在这种情况下，科技如何创造多样性？如何打破这样的"信息茧房"？这需要人文主义者的介入。

另一点，是重新连接自然。大城市里的人其实很多时候是通过一些中介物去接触自然的，那天我在豆瓣上看到一个人说，我通过后视镜看到了一片夕阳，特别美丽。我们已经堕落到需要从后视镜才能欣赏自然界的美丽吗？这不是特别可笑的事情吗？人类作为自然界的一部分，很多能量其实来自自然界，切断了这些联系必然导致你自身的虚弱。

最后一点是引导文明向善。什么是善？是针对谁的善？是针对某个个体、某个群体的善，还是整体的更大的善？这个善的标准在哪里？这些都是值得我们去思考的问题。这种正向导向，我相信是这个时代或者说下一个时代最重要的东西。我们不再为了赚更多的钱、利益的最大化去设计科技流程，而是为了人类更大的善念。

最后引用我非常喜欢的一句话作为结尾，就是薄伽丘的"幸福在人间"。这个幸福是谁的幸福？这个人间是谁的人间？我希望大家都能仔细地思考。

数码、虚拟与作为思维方式的科幻

约二十年前，互联网开始进入中国普通老百姓的家庭，《科幻世界》因一次高考作文成为全球销量最大的科幻杂志，中国加入世贸组织，这几件看似发生在不同领域的事情，却草蛇灰线般昭示一个新时代的到来。这个时代属于科技、想象力与全球化。

而 2020 年，是一个更为科幻的年份。许多我们原本笃信的现实崩塌了，走向了一个更加莫测的未来。

但有一些趋势是不会变的。

二十年弹指一挥间。我们习惯了手机购物、人脸识别、扫健康码、视频会议……我们也忍受着越来越碎片化的信息、生活与工作边界模糊、无处不在的隐私窃取与泄露……

参见 2020 中国科幻高峰论坛"星云圆桌：科幻与数字生活"主题演讲。

我们享受着数码时代的快捷便利，却也承受着科技无孔不入的侵犯，乃至于怀念起"前信息时代"的美好旧时光。但我们已经回不去了。

人类文明的发展史是一部技术不断深化、嵌入、改造人类社会生活的历史。打个比方，我们很难想象一种脱离了技术手段去记载文明的方式，而到了当下，我们更是难以找到一种不依靠数字技术来保存人类思想的方式，除非你愿意像《三体》所说的，将人类文明刻在石头上，但到那个时候，信息的索引与交换便会成为巨大难题。

人类离不开科技，人类又必须时刻审视与警惕科技所带来的负面性，如庄子所说"物物而不物于物"。在这过程中，科幻作为伴随着技术革命所诞生的文艺类型，是否承载着某种更为关键的作用？

我认为的确如此，科幻以其独特的包容性、反思性、未来性，可以塑造一种新的思维方式，这种方式也许能够帮助我们在这样一个时代更好地面对种种不确定性，进而打破固化框架，创造出新的解决方案。

举一个例子。十五年前我写过一篇叫《丽江的鱼儿们》的小说，在小说里，资本家和劳工有不同的时间感，资本家可以用一种时间凝缩技术让劳工的时间感加快，使其在单位时间内做更多的事情。过了一段时间之后，这些劳工们会过度疲劳，所以要去丽江的疗养中心调校他们的时间感，让它变慢。这是十五年前写的东西，到当下似乎已成为现实，也就是之前特别火的一篇文章《外卖骑手，困在系统里》，讨论的是外卖小哥的生存困境，后来还有一个词来形容这种状态，叫"内卷"。

所以时间感不仅是技术层面带来的，也和权力结构有关系。自古至今它可能都是一样的，比如卓别林在《摩登时代》所展现的那样，人在机械化大生产的过程中也会出现异化，按照计件把时间进行切分。再往前，古代人可能是按照自然节律去安排生活的。所以我们面临的是一个时间的颗粒度被不断细化的时代。比如传说某电商软件的员工上厕所都要计时，这可能就是时间感发展到极致的某种表现，从外部的规训慢慢到内部的自我感知，最终嵌入整个身心系统。其实像微信或者 Zoom 等软件，都是让我们从既定的区块化工作和生活有所区分的状态慢慢进入无法区分的并存状态。这相当于把时间给无限细化了，人的注意力也会被无限细分。

在数码时代可以更容易地把人类行为进行网格化管理，包括在社区的行动轨迹。即便是那些终南山的隐士，在当今可能也无法逃脱网格化的方式去生存，所有的生产和生活资源，包括个人信息，其实都是在网格内被管理和储存的。就算在山上，也依旧要受到管委会的身份核查，水电资源、住所都需要注册，这才是广义的网格无孔不入地进入人们的生活。甚至人的心理层面也会受其影响，比如进入公共场合需要扫二维码，人和人之间的距离需要保持一米以上。人之间的距离感更加精确化和网格化，我们的整个感官系统对时空的认知也会被更加精细地切分。很多人都想追求一种脱离网格化的状态，哪怕是暂时脱离工作对他们强加的时间框架，但其实已经很难做到。

这才是真正的内卷。

再举一个例子。威廉·吉布森在小说《神经漫游者》里想象的互联网状态是一种"共感"的机器，人的五感都能够接入其中，但当下现实中的互联网只是被压缩成一个非常扁平化和有限的状态。其实你会发现很多在网上的艺术展，那种尺度感、空间感，甚至无法被量化的灵韵感，完全没有被数字化传递和复制。所以我们所谓的虚拟生活还远远没有做到真正的"虚拟生活"（virtual life），它仅仅可被称为"模拟生活"（analog life)，是非常初期的阶段。互联网的一个很大的缺憾是把一些立体具象的感知给压扁或消除了。我发现很多技术人员对"虚拟"是有误解的，认为"虚拟"是假的，其实"虚拟"的意思是"和真的一样"，它的反义词不是 real 而是 actual。很多被数字化、虚拟化的东西远远没有做到真正的虚拟程度，其他的感官都没有被模拟到。

更进一步的是信息的失真。

人类原初想建立一个相对去中心化的网络形态，但现在变成了几个巨大的信息节点在控制着网络的拓扑结构，导致了一些权力的不平衡。它违背了我们发明互联网的本意，导向一个新的中心化的状态。这样的状态在人类科技的演变史上可能会大量出现，包括去中心化和中心化的交替，比如区块链的出现，其本意也是希望能够进行一种去中心化的权力再分配，但是这种权力很快又会落入一群新的精英主义者或区块链的信仰者手里，又会产生新的集权结构。包括 AI，它在经过巨量的学习之后，也会形成一种所谓的倾向性，包括对性别、种族、各种人群的偏见。

现有的社交媒体的属性就是被设计来强化这种偏激的二元对立的观点，比如微博的很多设计，它为什么要把很多功能藏起来？就是为了让你能更多地去交互，包括它通过算法推荐给你一些信息或用户。这就是流量导向的，这种信息结构方式，我觉得肯定是要改变的，否则所有人会陷入一种僵化局面，这种"恶"有点像躁郁综合征的反应，可能很多时候，评论都是完全非理性的，只是为了自说自话，没有任何有意义的沉淀和结果，所以就变成一个站队的游戏，大家都会选择不同的站队方式，缺乏一个全局的、更客观中立的视角。

　　作为一名科幻作者，也许我只能通过讲故事的方式去传递这样的思维方式，改变一点点世界，从每一个人的心智开始，引导思考如何对待科技、自然与自我，审慎过好每一分钟的生活，但这是否能够创造一个更加乐观的未来？

　　同样，悲观和乐观是一个二元对立的框架，站在人类的角度可能会很悲观，站在机器的角度可能会很乐观，从不同的主体角度看待这个问题会得到完全不一样的答案。如果我们最终证明了信息是万物的基础，不管是物质还是能量，它都是由信息组成的；如果我们更深刻地理解我们的身体、我们的生活、一切的一切都是由信息组成的话，那我们对世界的理解与价值观就要完全颠覆重构了，所谓的二元对立也将不复存在。

　　我期待着那样一个崭新未来的到来。

科幻如何帮助未来的你

对于 2020 年，我们的一个形容是：比科幻还科幻。

无论是自然灾害——病毒、山火、蝗灾、气候变暖……还是人祸——国际形势动荡，极端主义泛滥，无论是在物理世界还是在虚拟空间，似乎一切都脱离了我们原先基于理性和逻辑对世界的理解，未来变得无法捉摸，难以预料，我们焦虑、不安，似乎连"双十一"买买买和垃圾综艺都无法安抚我们的脆弱心灵。

事实果真如此吗？泰戈尔有一句诗——我们总是误读了世界，却以为它欺骗了我们。

这让我想起《黑客帝国》里经典的一幕，墨菲斯让尼奥选择，是继续在美好的幻象里做梦，还是回到残酷的现实。

参见 2020 深圳读书月主题演讲。

红或蓝，你选择哪一边？

相信什么，你就能看到什么，即所谓的 narrative——叙事。我们都有自己的一套叙事。

我们的主体性，我们身处的历史阶段，个人的际遇、家庭、教育、圈层、媒体习惯……都决定了我们以某种特定的框架去认知与理解世界，并不断地去寻找一些现实的例证来修补加固这个框架，使它更加不可动摇，这就是人类大脑运作的方式。某种意义上，它和现在流行的机器学习真的很像。

但像鲁迅先生所说的，从来如此，便对吗？

在一个日益封闭与自我强化，或者用一个更流行的词——"内卷"——的媒体环境里，我们如何获得某种心智上的开放性、流动性？在一个被工具理性、消费主义所支配的价值观系统里，我们如何与他人、与环境构建起良性的、有意义的对话与连接，创造出一种指向复数未来与可持续发展模式的新叙事，产生更大范围内的共鸣与共识？正如尤瓦尔·赫拉利在《连线》采访中说"科幻也许是当今最重要的一种文学类型"，我相信科幻也许真的可以有一点帮助。

讲两个我自己的故事，包括小说里，也包括小说外，从文本中到文本之外发生的这种生成性的互动关系，都让我开始反思，科幻对这个世界的意义究竟是什么？

1997 年，那是一个春天，十六岁的我在《科幻世界》上发表了第一篇科幻小说，名字叫《诱饵》，讲述了外星人来到地球，但不是依靠武力征服，而是提供了各种最先进的科技让人类上瘾，形成依赖，最后人类自愿成为外星人奴隶的故事。听起来是不是和当下有几分暗合之处？

这样的主题又在我的另一篇作品里草蛇灰线般得到延续，故事写于十二年前的鼠年，奥运盛事刚刚落幕的 2008 年，名字就叫《鼠年》，讲述了中国与虚构的"西盟"打贸易战，知识产权来自西盟却在中国生产的基因改造玩具"新鼠"突然繁殖能力失控，泛滥成灾，遍布中国的大江南北，毕业即失业的大学生应征入伍去打老鼠的故事。更神奇的是，这篇故事被翻译成日文之后，被杂志读者投票选为年度最佳海外作品，据说引起了日本大学生群体的强烈共鸣。

说这两个故事，并不是说明科幻作家有预知未来的能力，夜路走多了也会撞到鬼，所有说对的都是瞎猫撞见死耗子，而所有说错的都不会有人记得。我想用这两个故事表达的是，科幻是一种杞人忧天的诗意，是关于变化的文学。我们习惯于改变现实的一组或几组基本设定，来检验人与人性在其中会产生如何无穷无尽的变化，比如《三体》改变的是物理常数，《使女的故事》改变的是现实性别权力结构，《高堡奇人》改变的是二战结局，等等。前面的两个故事都是在盛世中立危言，而先前我被邀请到柏林和一群欧洲官员、军事专家、科学家一起探讨 2035 年中国与欧盟之间在科技领域将可能出现怎样的竞合关系和未来场景，同样使用的是科幻的方法。

科幻通过这样"重置现实参数"的方法给予我们一种全新的开放视角，翻开每一篇科幻小说，你都得调适自己的认知框架以适应每一个独一无二的世界观，从而得以跳脱出原有的叙事框架，获得一种暂时性"三观尽毁"的效果。但这种尽毁并不是贬义，打破成见与刻板印象之后，许多原本隐而不现的问题得以被揭示，被讨论，被更深刻地理解，进而获得了更多与之前不同的解决的可能性。

两百年前，1818 年，玛丽·雪莱讲述了一个人类借助科技的力量创造出一个全新的生命，创造者却最终被这个造物反噬毁灭的故事，这个故事的名字就叫《弗兰肯斯坦》。它被视为现代科幻小说的源头，一直到今天还在被不断地重新讲述。它探讨的是一个根深蒂固的主题，人类应该如何与自己族类完全不同的"他者"共存相处，大部分的态度可以分为两种——"怕"或"爱"，而这个他者故事的最新版本就是人工智能。

也许有朋友关注到前几天有这样一条新闻：由传茂文化

和创新工场共同发起了一场名为"共生纪"的人机协作科幻小说写作实验。事实上，这个实验早在两年多前就开始了，它与 AI 的自然语言理解能力在这两年当中的突破性进展高度重合。

中国有很重的文理分科传统，造成一种文理不通、互相鄙视的局面。借助 AI 来写作科幻小说这个行为本身便是为了跳出"怕"或"爱"的二元态度，去拥抱不确定性与未知。我们可以持更加生成性的态度，让主客体、人与机器、文学家与科学家对话，形成一种主客一体的二阶控制论结构，来引发对于写作、文学、主体性、人机关系等一系列问题的更深刻思考，让系统的设计者也参与到对话中来，这也许是让我们每一个人在未来不至于沦为"困在系统里的人"的第一步。

今年发生了一系列的事情，让大家觉得对话变得困难，从物理空间到虚拟空间都是。许多的争论变成自说自话、情绪的发泄，有人甚至行使网络与肉身上的暴力。当这个世界变成只有黑白、是非、对错，只有党同伐异的叙事战争，甚至连现实都分裂为不同的版本之时，寻求共识还如何成为可能？

2013 年我出版了一本长篇小说《荒潮》，讲述关于近未来发生在中国潮汕地区的电子垃圾污染问题，在当时的中国，这也算是一个非常小众的话题。出乎意料的是，现在它已经授权了十多个语言版本，除了英语、西班牙语、俄语、德语、日语等，甚至包括孟加拉语。在网络上，读者反应最强烈的来自发展中国家，比如印度、南非以及东南亚地区，其实对于许多人来说，垃圾问题在大城市是近乎隐形的，似乎只要把它们分好类放进垃圾箱，垃圾就会自动消失。但事实上并不是这样的，总需要有一个群体、有某个地方去处理这些垃圾，并承受整个过程所带来的对于环境以及健康的伤害。而放眼全球范围，发达国家一直奉行的是"邻避"原则，也就是所谓的"not in my backyard"，把伤害转移到发展中国家。我想这也许就是这本书得以引发超越文化与语言的共鸣的原因。

最触动我的是一封来自美国的读者来信，他在信里说，他知道美国把电子垃圾运到中国，丢弃在小城镇里，但他无法阻止其发生。而如今，他努力把所有废弃电子产品都保留下来。

那正是 2016 年的这个时候，四年一轮回，我读到这些字句的时候深受触动。正如戴锦华老师所说，我们讨论他者的最终目的，是理解自己也是他者。

这令我深受鼓舞：不是宣教，不是挑衅，甚至不是说理，而是通过故事，讲述让不同文化、语言、信仰的人们能够感同身受的人性故事，来弥合撕裂的现实，进而构筑人类共同的未来。

在这个充满不确定性的焦灼时代，想象力、共情力、审美力……以及统领这一切的讲故事的能力，极为稀缺。

有一位朋友问我，我是如何从中国这种高度竞争的教育制度下幸存下来的，她用的词是 survive。我猜她的意思是，如何成为一名所谓"学霸"的同时，还能保持一定程度的开放性与想象力。

这代表着某种 to be or not to be 预设，你只能选择其一。

但对于我来说，并不是这样的。

在这里我引用许多 MBA 成功学书籍里经常出现的一句金句，由法国社会心理学家 H. M. 托利得提出："测验一个人的智力是否属于上乘，只看脑子里能否同时容纳两种相反的思想而无碍于其处世行事。"

说出这么高级的一句话的托利得先生是谁呢？经过一番搜索，查无此人。这句话真正的出处是哪里呢？实则出自菲茨杰拉德的散文集《崩溃》（ *The Crack-Up* ）。

The test of a first-rate intelligence is the ability

to hold two opposed ideas in mind at the same time and still retain the ability to function.

所以我们往往选择相信一位并不存在的某方面领域专家，却无视来自小说家的文学性表达，哪怕其中藏着更深刻的真知灼见。

我想说的是，也许正是从小阅读、写作科幻，它背后所代表的开放性、对话性、反思性，让我得到了一种兼容现实与想象、理性与感性、科技与人文二元对立的状态的能力，让我对一切非黑即白、简单粗暴的叙事保持审慎与怀疑。那些二元对立的绝对观点就像富含糖分与脂肪的垃圾食品，让你上头，感觉到爽快，以及带来属于某个更强有力群体的幻觉，但也给你带来肥胖、高血压和糖尿病。

正如乔布斯说过，编程并不仅仅是一种工具，它还是一种思维的方法。科幻同样是这样一种方法，甚至是一种元思维的方法，也就是关于思维的思维。上个月我和中央美术学院的邱志杰老师在杭州有一场对谈，他提到自己每四年会完成一次对自我的批判和更新，我说这不就是 AI 算法里的 GAN（生成式对抗网络），有一个生成器、一个检测器，就像内部分裂出一个镜像的自我，不断质疑、反思、打碎又重建，从而完成自我的更新与进化。这样的 GAN 式思维正是在科幻的阅读与写作中得到的。

英国思想史学者彼得·沃森在《惊骇之美》的序言中提到，无知正在世界大范围蔓延，尤其是美国。一项近期调查显示，42%的美国受访者认为人类自宇宙伊始就存在于地球上，而有20%的受访者仍然相信太阳围着地球转。

然而另一方面，在一个唯物的国度里，我们往往将已知当成世界的全部，将想象贬低为幼稚而不切实际的异想天开，却忽视了如果善用想象，它将具有巨大的能量。

我们缺乏理性，我们缺乏想象力，我们缺乏的又不仅仅是理性或是想象力，我们缺乏一种信念，一种对于人类心灵力量的信念。

诺贝尔物理学奖得主彭罗斯在20世纪60年代以抽象的数学方程特异解证明了宇宙深处确实存在着质量巨大却不可见的天体，而直到21世纪人类才通过将天文观测技术逼迫到极限来证实其存在，并在2019年拍下了人类有史以来第一张黑洞的照片。同样，爱因斯坦在二十六岁时通过思想实验提出了狭义相对论，改变了人类对世界的认知与整个历史的进程。

如果你相信这一切是可能的，为什么不能相信通过改变一个想法，就能改变一个人甚至许多人的行为，进而改变整个世界？为什么不能相信我们可以通过讲述哪怕仅仅存在于想象中的故事，来建立起某种对于未来的共同信念？

最后，祝愿在座的各位，所有线上对未来有所期待的读者们，从科幻中得到快乐的同时也能收获些许启发，保持开放，继续对话，用共情故事而不是语言强权来联结心灵，拥抱未知，迎接充满不确定性的明天。

谈论科幻时，
"文学"在说些什么

　　李黎：这些年我越来越觉得科幻小说应当自成一家，和其他所有的文学并列，并独当一面。只是当我带着这个良好的愿望去看科幻小说，更多的是失望。这不仅因为科幻小说也使用了太多传统文学的手法，而且它往往流于概念和奇想，并到此为止，千万年后的日常生活和情感呈现更是欠缺，这让科幻小说徒具科幻的表壳，难以达到多年前的《基地》《沙丘》等作品的高度。这在新作者中似乎很严重，往往有一个奇思妙想就动手，一些作品与其说证明了想象力的丰富，不如说证明了想象力匮乏和文字的薄弱。作为目前国内最为资深的科幻作家之一，你对这个现象怎么看？这样说会不会

参见《现代快报》2021 年 2 月 7 日第 B7 版"读品周刊"。李黎，作家、出版人。

让你觉得受到冒犯？

陈楸帆：恰恰相反，我完全同意你的判断，事实上这也是近年来我对国内科幻创作观察与反思的一个面向。当然问题还是得掰开揉碎来分析，不能一竿子打翻一船人。

从历史上看，中国科幻有很沉重的科普功能"包袱"，20世纪80年代围绕科幻究竟姓"科"还是姓"文"展开过激烈论争，最后以"文学派"的全面落败而告终。这个问题遗留至今，依然有继续探讨的必要。甚至在科幻作者与读者圈中，长久以来也存在着"软""硬"之争，相当一部分人坚信"硬"（以自然科学为想象核心的科幻）高于"软"（以人文社科及其他议题为核心的科幻），且更接近科幻文学本体的价值。这种简单粗暴的二元对立思维，在我看来不仅过时，更暴露出长期以来我国基础教育中文理分科割裂的弊端，也导致了许多作者仅仅将科幻理解为一种"点子文学"的狭隘眼界。

中国科幻需要突围，这种突围是多维度的，无论是受众数量与覆盖面、产业化发展、面向世界的身份确立（所谓"中国性"）或者我们今天所要讨论的文学先锋性。回到先锋性的问题上，只有不断打破固有的类型刻板印象与历史枷锁，科幻才能获得新的生命力，才能与当下技术社会的语境做更深度且真实的连接。

　　李黎：在我的成见中，我觉得写一场一万年后的晚宴上几小时的细节和谈话，一个普通人被智能慢慢改造和吞噬的一生，是一部好的科幻小说；写银河系毁灭重生、写黑洞、暗物质大爆炸等直奔终极的作品都非常让人生疑。越小的、越具体的事物越体现想象力和虚构能力，反之则不是。但这也是一个悖论，甚至是我的局限和浅薄：它要求作者首先是一个不错的传统小说作者，然后"进军"科幻，李宏伟老师等几位就是这样的，但难以成为惯例。有热情的科幻作者在文学能力上普遍有些欠缺，传统的小说家又极少有充分的探索试验激情和科学功底。两条路都困难重重，你觉得有没有其他的路径，或者值得期待的具体作者？

　　陈楸帆：我认为比写什么更重要的是怎么写。在刘慈欣之后出现了一大批追求"宏大叙事"，动辄亿万光年尺度宇宙级毁灭创生的跟风"画虎"者，遗憾的是，其中的绝大多数作品失之空洞，读来味同嚼蜡，并不具备大刘的"宏细节"能力，也就是将超大时空尺度的事物以读者可感知、可想象的类比手法进行转化的能力。

　　当然这不意味着这些作者转向书写具体而微的事物或议题就能得心应手，比如近年模仿特德·姜风格也成为一种时髦，但"画犬"者居多，能真正达到那种细节扎实而饱含诗意的质感者少之又少。从这个角度来讲，每个人都只能成为自己，每个人都只能写作自己相信的东西。模仿虽然是一条写作者的必经之路，却终归要脱离前人铺设的轨道，寻找属于自己的方向。

你所列举的两条路径在我看来都是"术"，却不是写出好的科幻小说的根本之"道"。科幻文学是关于科技的文学，但又不仅仅是简单地将两者相加，它需要一种视角的"转换"，这种转换根植于世界观与本体论。倘若一个作家没有发展出自己看待宇宙与人世的独有哲学，就算再精通科技理论和熟稔文学技法，都有可能成为被陈旧观念束缚的奴隶。一个好作者首先得是一个思想者，而这恰恰是无法教授学习的最本质的能力。

近几年我当了很多科幻征文大赛的评委，在众多陈词滥调之中偶能发掘一些耀眼的明珠，他们来自更为年轻的世代，有着与前人截然不同的生活经验与思维方式。我愿意继续观察鼓励他们，不是拔苗助长的"捧杀"，或者用一些自以为是的正确"套路"去束缚他们。我觉得这才是最负责任的态度。

李黎：我们的话题很沉重甚至宏大，那么，如果把科幻作为一种娱乐，会不会有意外之喜？一位纯粹从市场、销量等角度思考的科幻作家，或许并不缺乏想象力和写作热情，比如黄易。近年来有关部门把玄幻等类型纳入科幻名下，是不是也有一种鼓励大家先放轻松，再创造高峰的意图在其中？

陈楸帆： 我觉得在网文领域这样的趋势非常明显。因为从本质上来说，网络文学的媒介形态和消费模式决定了作品必须不断给予读者高频次高强度的"爽感"体验，才能得到市场上持续的关注和商业上的高回报。

2020年年底我参加了阅文集团的年会，也与几位"大神"如流浪的蛤蟆、会说话的肘子等作者有过深度交流，在我看来，他们写的就是科幻，而且是娱乐性和深度兼备的科幻。先前大火的《诡秘之主》结合了蒸汽朋克、克苏鲁等科幻设定，又通过网文叙事套路不断揭秘升级，已经成为叫好又叫座的新经典。诸如此类的作品还包括 Priest 的《残次品》、一十四洲的《小蘑菇》等等。

娱乐性与思想性并非天然的对立，举重若轻往往是更为高级也更难以抵达的一种境界。许多作者往往能企及一头就不错了，但是求乎其上，得乎其中，奔着市场去的作品，未必市场就会买单，这跟电影票房一样是一种玄学。所以我觉得大家还是心态放轻松，别一心铆着劲儿想成为"大刘第二"或者一夜爆火，写自己想写的、能够令自己兴奋的题材和风格，先确保过了自己这道关，其他的不可控因素，就交给时间去证明好了。

李黎：相对而言，愿意动笔写作并且有基础的，还是文科生居多，他们的自然科学素养和知识储备缺乏也是不争的事实。我记得我当年看《科幻世界》（尤其是那篇《带上她的眼睛》）后极为激动，想写科幻，写了几行自己都不能忍受。为此我买了多年的《新科学家》等杂志，但又几乎没看过。你出身北大中文系，虽说有"赛先生"的大背景，但具体到科幻写作，你最初时是怎么处理相关难题的？

陈楸帆：考上北大中文系只是误打误撞，在高三之前我一直是理科生，物理、生物比较好，参加过几次奥赛，只是最后一年被老师"忽悠"转了文科，加上自己比较喜欢写作，所以报考了中文系。其实各类科普读物伴随我从小到大，包括我现在看的书，可能科技类比重更大一些，并不是什么需要我去强迫自己接受吸收的信息，所以我是一个非典型文科生。

但有些经验还是值得分享，尤其对于那些想写科幻又纠结于自己自然科学素养不足的写作者来说：第一，不要去伪装成你不是的人。我经常能看到一些作品里充斥着各种科学名词与概念，但其实作者并不真正理解其背后逻辑，只是用来装点门面，这样反而会损害正常的故事肌理和逻辑。第二，弄清楚你想要表达的故事核心，在核心之上去寻找契合的理论框架，这样才能做到设定层与叙事层的融洽，而不是两层皮，哪哪都不挨着。第三，要使巧功夫而不是死功夫。所谓田忌赛马就是了解自己的长短处，不要拿自己的短处去拼别人的长处。不要看了刘慈欣就觉得自己一定要"硬"起来，大部分读者关心的并不是小说里的科技在现实世界里是否能够成立，而是它是否对营造故事的"真实感"、对剧情发展有逻辑上的推动力，这是完全不同的概念。

最后，科幻比起其他类型文学来说，确实吃力不讨好，如果不是真爱，也没必要龇牙咧嘴地强迫自己去写、去读。做人呢，开心最紧要。

李黎：你之前提到"一些耀眼的明珠"，能否具体分享一下？

陈楸帆：除了前面提到的一些网络文学作家作品之外，我再举例几个尚不太为读者和评论界所知晓的作者，尽量涵盖不同的风格，大家可以按图索骥，去找来看看是不是合自己胃口。

如果喜欢传统硬派科幻的，可以试试读七月的《群星》、邓思渊的《触摸星辰》、分形橙子的《忘却的航程》、顾适的《莫比乌斯时空》，这些作品都是在黄金时代风格之上有所创新，融入了本土元素。

喜欢文学性更丰富、类型更模糊的，可以试试读双翅目的《猞猁学派》和《公鸡王子》、慕明的《铸梦》和《宛转环》、王元和吕默默的《幸存者游戏》等。

更年轻一点的 90 后作者比如王侃瑜、苏民、靓灵、石黑曜、翼走、Noc、犬儒小姐等等，挂一漏万，都是非常具有潜力的作者。

李黎：你在《荒潮》之后就没有新长篇问世，这些年也更多致力于科幻事业的推广和普及，有一种筚路蓝缕的情绪，科幻作家身份无形中在弱化。这方面你有没有什么感受以及计划？

陈楸帆：筚路蓝缕不敢当。如果要说我对中国科幻有什么微不足道的贡献的话，可能就是在 2008 年认识了刘宇昆，并通过创作交流激发他开始走上翻译中国科幻文学的道路，也因此有了包括《三体》《北京折叠》《荒潮》《看不见的星球》《碎星星》等一系列中国科幻走向世界的成功。这既是小历史的巧合，又是大历史的必然，而中国科幻在国内外的推广与普及绝对无法仅仅靠一两个人来完成，更多的是政府、学界、媒体、作者、读者、评论家等各领域诸多有热情、有远见、有能力的同好合力，才能形成当下的大好局面。包括刘慈欣、韩松、郝景芳、姚海军、吴岩、董仁威、王德威、宋明炜，中国科普作家协会、华语科幻星云奖、科幻世界杂志社、未来事务管理局、微像文化、八光分文化、科学与幻想成长基金在内的诸多个人与机构发挥了无可替代的作用。

2020 年对于我个人而言也是一个契机，由于疫情被动减少了出行和线下活动，多了许多阅读、思考和创作的时间。过去一年写了将近四十万字，包括即将在 2021 年由企鹅兰登集团出版的《AI 2041》（与李开复合著，大陆中文版书名为《AI 未来进行式》），便是融合了科幻小说与非虚构写作的全新尝试。接下来还要继续完成几个长篇，包括《荒潮》续篇、《迷幻史》以及与 AI 共同创作的作品。我深刻感受到自己正在进入一个新的创作阶段，每天都有灵感迸发，敦促着我回归到一个更纯粹的写作状态。

以一种更"本土化"的方式
去抵达"世界性"

　　何平：2017 年我在"花城关注"做科幻专题，转眼就快四年了。那一期选了你的小说《美丽新世界的孤儿》，之前 2013 年你已经在长江文艺出版社出版了长篇小说《荒潮》。说老实话，《荒潮》，还有你 2020 年出版的《异化引擎》里的《巴鳞》《匣中祠堂》更适合我们这个专题讨论的问题，虽然《阎罗算法》里的地标在潮汕，人物王改革是潮汕人，但就这篇小说而言，"潮汕性"在小说里并不是不可缺少的功能性、结构性元素。但我觉得这个问题还是可以讨论的，就像《荒潮》等小说所揭示的"潮汕"这个进入全球化时代的地方，在世界、科技、近未来和更远的未来的视野观照下，它可能生发的意义和我们惯常的传统／现

参见《花城》2021 年第 3 期。

代、乡土／城市以及中国／世界是不同的吧？《阎罗算法》如果要处理世界、科技和未来，具体而言，比如当潮汕地方性的文化和生命观遭遇你的"算法"时代，会是怎样的图景？

陈楸帆：回想起来，何平老师也是主流文学评论界里最早关注中国科幻小说的几位老师之一。《花城》的科幻专题之后，中国主流文学刊物上掀起了一股"科幻潮"，也带动了整个评论界和学术界对中国科幻做更深入的审视与思考。再次感谢何平老师一直以来的支持和鼓励。

说到"潮汕性"，其实跟"中国性"一样，需要放到一个参照系下进行讨论。在文化上、历史上、地缘政治上、经济上，包括社会心理结构上，我们如何去理解一个真实而多面的潮汕，而不至于落入"妖魔化""猎奇化""刻奇化"的窠臼，是值得探讨的。《荒潮》之后我开始有意识地去"寻根"，包括潮汕族群的迁徙史、全球开枝散叶的华侨文化、宗祠及巫傩仪式、从百年开埠到经济特区再到如今……我希望从整体上去把握某种潮汕的"精神"或是"气脉"走向，这种有点玄奥的思路其实很类似阿西莫夫在"基地"系列中开创的"心理史学"，也就是所谓时代精神在不同层面上的全息投影。把握了主要方向，就大概知道自己想要去书写、建构什么样的"潮汕性"，以及它如何去融入、呼应、互动于当下一个更大的历史格局。

　　《荒潮》是一个开始，《巴鳞》《匣中祠堂》都是比较小切入点的尝试，《阎罗算法》不能算很典型的潮汕书写。更多的想法需要体量去承载，或许可以在《荒潮》的续作长篇中得到释放。当然这个过程也伴随着对自我内部"潮汕性"的重新觉知，有时候我会特别惊讶地发现自己身上呈现出来的某种特质，恰恰是多年之前我从父辈身上看到并引以为戒，视之为"守旧""迷信"甚至是"腐朽"的东西，这种跨越时空的共振或许只能通过文学的方式来揭示。

　　何平：在《阎罗算法》之前，你还写过一篇小说《人生算法》，并出版了同名小说集。"算法"似乎成了你近几年小说的核心命题，从《人生算法》到《异化引擎》，就小说形式来看，你一直在进行 AI 写作实践，本质上是用一套可知的计算机理性算法来建构未知的"人类生存算法"。这些人机交互写作有没有促使你自己的"写作算法"发生改变？这样的实践对你科幻小说写作的语言结构和思维方式有什么影响吗？

　　陈楸帆：2017 年我和王咏刚开始做 AI 写作，用的是 CNN（卷积神经网络）和 LSTM（长短期记忆网络）开源模型，作品收录在《人生算法》和《异化引擎》里。但两年过后，包括 GPT-2 和 GPT-3 的诞生，这种算力暴力美学所能做到的事情已经远超出我们当时的想象，你不知道它往后会以怎样的速度发展。所以我们现在做的事情貌似是一个游戏，但也会生成很多的文本，这些都是种子，在未来它会产生一些我们无法预料的影响，或者对创作者和科研工作者会有些启发。

2020年我们邀请了包括鲁迅文学奖得主小白老师在内的十一位作家参与"共生纪"人机共创写作实验，目的就是让这个游戏变得更大更好玩，能够让更多人开始去思考这样的一件事情，展开不同学科领域之间的对话，迸发出更多的创造力火花。许多作家使用了GPT-2模型之后都感叹"以后真的可能要失业了"，我用这一模型创作的《火星奥德赛》也发表在2021年第一期的《时尚芭莎》上，接受更多读者的检验。

使用2017年版本的AI进行写作时，一开始我考虑的是如何让AI的创作变得可理解和有意义，因此需要围绕它生成的即兴文本去构造一个"外部"的语境和叙事框架。但到了2020年，AI的自然语言理解能力、逻辑性以及前后的整体感都有了非常大的提升，很多它给我的东西其实是我之前根本就无法去设计的，代表了故事新的发展方向，我也需要去配合它的新走向，改变原有的思路。这就像是面对一面镜子，不断矫正自己的动作，但镜子里的那个你有时候会不受控制，做出它自己的姿势，就是这样的一种怪异的关系。

所以像这样的一种带有偶然性和随机性的创作，我觉得可能更接近于创作本身的这种精髓，如果你什么东西都想得特别清楚，可能这个故事也写不出来了。AI 也是一个他者，能帮助你更好地理解你自己，理解创作本身。在中国的哲学里有气、器、道的说法，我觉得就特别适合用来阐释人机协作的关系。

何平："算法"有两个层面：一层指向机械化的科技手段，另一层指向把控现实人生与存在的宇宙秩序。如果说短篇小说《人生算法》中因陀罗项目在横向上拓展了人生的维度，《阎罗算法》的"LMA 项目"则以倒流的线性时间指向死亡审判。可以看到，无论哪一种科技算法，都没能够超越情感维度的力量。未来生活能够到达多么高精尖的科技化程度不是你小说的着力之处，科技之下人的现实生存境况越来越成为你小说中的内核。在实践"科幻现实主义"的时候，会不会遇到一些科幻与现实间的悖论？"科幻现实主义"在世界科幻小说体系中是一个大趋势吗？

陈楸帆：中国读者对科幻类型的接受大多自凡尔纳始，经由美国二十世纪四五十年代到达顶峰的黄金时代风格发扬光大，无论是译介出版、杂志选稿上都呈现这一偏好。黄金时代作品大多以科学乐观主义精神为导向，人物大多扁平功能化，讲求以科技创新克服挑战，阅读快感来自设置重重悬念，将剧情延宕至揭晓谜底的时刻。毫无疑问，黄金时代风格与自 20 世纪 90 年代末至今中国社会在科技层面狂飙突进的大格局高度吻合，与读者的集体无意识能够高度共鸣共振。然而在我看来，美国黄金时代中的杰作（如《基地》《2001：太空漫游》《异乡异客》等）之所以能够具备超越时代的影响力，除去与二战后美国大力发展科技的时代精神相契合之外，更重要的是它们试图以一种新的形式重述基于新教伦理的资本主义当代"神话"。而这一更深层的文化亚结构却无法与中国语境对接，《三体》恰恰是在这一方面有所突破，以一种根植于中国当代社会价值观的"神话性"接续黄金时代风格。然而更多的人所看到的是糖果外的包装纸——种种炫目却似是而非的科技概念。

对于我来说，当下是一个科技复魅的时代，而科幻便理所当然地成为新神话。在所有神话中核心的不是神通或者法宝，而是人与神灵、人与世界、人与命运的关系。不管叫"科幻现实主义"也好，其他的什么主义也好，我想要处理的其实是把视线焦点从"科技"本身转移到"人在科技时代的境遇与关系"上来，这需要营造出一种"现实感"，而不是照搬现实本身，也就不存在悖论。

对于创作者来说，可能摆脱标签是最重要的（或者把自己变成标签），标签应该留给出版商和评论家去使用。

何平：传统世界"阎罗"被想象成人生命时间的决断者，和"阎罗"相关的是整个传统世界的世界观，就像"算法"对"阎罗"领地的侵犯，总有一天，我们的世界会交由"算法"来主宰，那是否就是一个"美丽新世界"？而且，从"阎罗"主宰到"算法"主宰有一个渐变的过程，人在其中，地方在其中，文学也在其中。

陈楸帆：在一个美丽新世界已经成为现实的时代，作为一个创作者，我能做到什么？我只能在拥抱跟警觉之间动态分布，如果单纯选择任何一个位置，都会陷入一种盲区。在这个时代，你单纯地去抗拒技术其实没有意义——因为个体的力量太有限了，最后都会变成这系统的一部分，也就是困在系统里的人。

我选择用不同的姿态去跟不同的人对话，比如我跟科技从业者讲科技时代的人文，跟蚂蚁金服的首席科学家讲科技文艺复兴，讲在这个时代我们需要去重新发现人的价值尊严。对于蚂蚁金服这么大体量的公司来说，它掌握了大量的数据隐私，那么作为科学家，或者一个设计底层代码的人，当然需要去理解人的价值尊严的重要性；同时，对于更加人文的人来说，需要让他们知道技术也有好处，但前提是你理解它，让它能够为己所用，进而更有智慧、可持续地去用它。

我是一个对话者、一个连接者、一个媒介。我想去把这些碎片的东西拼起来，但这是个很大的野心，不一定能做到。

何平：你小说里经常会出现潮汕方言，一定意义上，"普通话"和世界通用语言都是一种"算法"？你小说中的"方言"是对语言"算法"的有意抵抗，还是一种小说审美的必需？

陈楸帆：方言一方面提供了"现实感"和"真实感"，另一方面也是一种姿态，是对于某种单一、刻板、模式化语言形态的反抗，因为选择一种语言就是选择一种身份，就是选择一种思维的界面。对于我来说，保存这种"母语"形态的复杂与多样性，是对小说文本质地最有力的捍卫，不至于被更为强势的意识形态所规训与归化。

何平：我曾经在与你的一次对谈中谈及过，我觉得"科幻"从根本上是一种世界观，一种想象世界的方式。当科幻小说不断向"世界性"靠拢的时候，我们不得不关心中心 / 边缘、世界 / 中国、异域 / 本土等议题，在你以科幻小说与世界对接的时候，是如何感受和处理其中的对撞和张力的？

陈楸帆：以《荒潮》为例子，这部小说被翻译成英、日、德、西、俄等十几种语言，在走向国际市场的过程中，得到许多不一样的反馈。特别是从不同的文化背景来看待我的写作，虽然写的是中国的故事，但也引起了许多不同国家读者的共鸣。在这个过程中，你也会重新思考自己的写作与文化、语言之间的关系。

比如在英文版中，一方面可能会更加照顾不同背景的读者的阅读习惯，重新安排时间线索，让它读起来更清晰；另一方面，对暴力场景的书写可能会更加谨慎。另外还有对性别的描写。我察觉到在中文的写作里，尤其是科幻写作里，可能对于性别的意识比较淡薄，包括对角色的安排、对女性形象的刻画等等，有意无意间都存在刻板印象，或者说偏见。所以后来我把很多这方面的东西修改过来，让女性更有自主性，有把握自己命运的选择权。

今年我有一本与李开复博士合著的新书《AI 2041》将在全球出版，是融合了科幻小说与非虚构写作的全新尝试，并把所有的故事都放置在不同的文化背景下，探讨二十年后AI将会给人类社会带来何种新的赋能与挑战，其中涉及贫富差距、结构性失业、后殖民与民族身份、气候变化与环境危机等诸多议题。我希望以一种更"本土化"的方式去抵达"世界性"，这也是通过实践不断摸索出来的一条道路，期待接受大家的检阅。

《假面神祇》：
"后真相"时代的身份建构

　　吕广钊：《假面神祇》这篇小说收录于您和李开复合著的作品集《AI 未来进行式》。在《AI 未来进行式》中，您通过十篇小说想象了 2041 年近未来社会中的人机关系，而李开复则从学术的角度，以小论文的形式介绍了故事中所描述的技术想象。我们今天讨论的《假面神祇》讲述了一个关于"视频换脸"的故事，而在小说后面，李开复则从计算机视觉、卷积神经网络、生物统计学等角度，介绍了《假面神祇》的技术原理。

　　当时您和李开复老师是如何合作的？"合著一本书"这个想法是谁先提出的呢？对于故事中未来社会的建构，两位是如何想象的？

参见 2021 年伦敦中国科幻研讨会。

陈楸帆：《AI未来进行式》比较特殊，是一次跨文体创作的尝试，其主体是我专门为此创作的十篇短篇小说，而李开复的小论文则为这些小说提供了扎实的理论基础。多年前，我在谷歌工作过五年，那时候李开复是我老板，即便我们之后相继离开了谷歌，彼此之间依然保持着联系。在2019年夏天，我作为嘉宾参加了一次计算机专业的夏令营，面向六百多位营员发表了关于人工智能的主题演讲。之后，李开复联系我，表示想和我一起写一本书，专门探讨人工智能技术在未来二十年的发展趋势和潜力。

对我来说，这是个挑战。在此之前，我的作品基本上都是自己独立完成的，而"与人合作"就意味着要与合作者密切交流，甚至需要时不时做出妥协和让步。不过，我依旧想试一试。一直以来，我都希望能将科幻小说介绍给更广泛的读者，把未来主义叙事的影响力扩展至技术人群中，也希望技术领域的决策者能够看到并认可科幻作者们的未来想象。于是，我和李开复花了两年的时间完成了所有小说和介绍性论文，并委托几位译者将其翻译成英文出版。

某种意义上，这是我创作生涯中最困难的作品。我和李开复都对这本书抱有很高的期望，有很多内容想要表达。但这样一来，这本书便显得稍稍有些无从下手，从写作的层面来看，当一篇小说或一本书过于面面俱到，不分轻重地传递太多信息，就难免会变得繁杂冗长，丧失可读性。同时，我们在想象未来二十年的时候，也必须要基于现实，不能放飞自我。那些过于开放的想象很可能不能在 2041 年得以实现，这样也就失去了这本书的意义。所以，在刚开始的半年里，我们俩做了大量的采访，密切联系了许多人工智能和计算机领域的企业家和学者，了解他们眼中可能实现的未来技术。基于这些采访，我们渐渐理出了大概的思路，以及不同技术在当下的发展进程，并且将这些技术融入了不同的科幻叙事中。

对我们来说，《AI 未来进行式》对未来的描绘比较乐观。我们已经看过了许多废托邦式的未来主义想象，其中的人工智能和机器人总是站在人类的对立面。所以，我和李开复希望能够建构一种"希望"，从相对正面的角度，阐释技术和人类的融合。但与此同时，"皆大欢喜"的结局有时难以表现小说的戏剧性和张力，角色之间的冲突也难以切入重点。许多次讨论之后，我们才决定将不同的小说置于不同的文化和社会背景之中。当今世界的技术发展是不均衡的，而这样的不均衡性，恰恰可以成为冲突的来源。在我看来，在未来几十年中，像美国这样的人工智能超级大国与该领域欠发达地区的差距会越来越大，而同一国家的不同地区也会面临类似的问题。由此一来，不同阶级、不同民族、不同宗教的团体之间也会萌生出种种矛盾。

我和李开复想在《AI 未来进行式》中探讨的，正是人们应当如何应对这种不均衡性，如何处理不同群体、国家之间的矛盾。这本书的创作过程充满波折，但我们最终还是将其呈现给了广大读者。

吕广钊：当时商量这次研讨主题的时候，您选择了《假面神祇》。您为什么要选择这篇小说？这是不是您本人最喜欢的一篇？

《假面神祇》的故事发生在尼日利亚，讲了约鲁巴人和伊博人之间愈演愈烈的民族主义冲突。在最近，科幻界很火的一个术语叫作"非洲未来主义"，您在创作这个故事的时候，有没有参考其他"非洲未来主义"叙事？创作《假面神祇》这样一个不属于中国语境的故事时，有没有感受到不同？您当时都通过哪些方式了解尼日利亚？

陈楸帆：《AI 未来进行式》所有的故事我都非常喜欢。这次活动之所以选择《假面神祇》，是因为我在这一篇小说里有意融入了很多比较特殊的元素，包括性少数群体、非洲民族主义、视频换脸技术，还有很多非洲的文化和宗教符号。我努力想把故事写得"真实"，所以在创作过程中，我仔细阅读了尼日利亚著名作家钦努阿·阿契贝的作品，并且留意到他描绘的种种尼日利亚民俗仪式。实话说，我本人没有去过尼日利亚，所以我对这个国家的了解，很大程度上来自阿契贝笔下的文学描写。

此外，我也一直关注北京大学程莹老师的相关学术研究，她关于尼日利亚"面具文化"的论文给了我很大启发，也帮助我从另一个角度来理解 Deepfake 技术。Deepfake 是 "deep machine learning"（深度机器学习）和 "fake photo"（假照片）组合而成，本质是一种深度学习模型在图像合成、替换领域的技术框架，是深度图像生成模型的成功应用，但其自上线伊始，便引起很大争议。Deepfake 能够更改动态影像中人物的面容，也就是视频换脸，人们通过换脸，得以修改人物的身份。尼日利亚的面具文化也有着"身份变更"的特性，不同的面具象征着不同的神祇，佩戴者因而也有了神祇的身份。于是，我将"面具"视为《假面神祇》的核心概念，又阅读了大量的文献材料，研究了面具背后的符号意义，并且了解了约鲁巴、伊博等不同民族对待面具的不同方式。

吕广钊：《假面神祇》有一个很有意思的情节，故事主人公的房东是伊博人，在她小的时候，父亲不允许她参加村寨里的舞会。于是，她偷偷戴上了一个神祇的面具，再次提出请求，而对父亲来说，来自"面具"的请求是无法拒绝的。这让我们联想到了符号的象征意义。视频中的"脸"更像是一种符号，人们通过识别这些符号，来辨认其传递的潜在信息。那么同样，我们也可以通过改变或调换这些符号，传递截然不同的信息。如果超越视频换脸的技术层面，我们可以发现，我们对任何信息的获取，都是通过某种媒介，而媒介在当下所起到的作用也越来越大。在您看来，技术媒介会不会左右我们得到的信息？我们所接收到的信息，能不能保持其原先的含义？

陈楸帆：加拿大学者麦克卢汉很久以前就提出，媒介正是讯息本身。这个观点颇有洞见，影响深远。我想在不久的将来，人类的肉眼将无法分辨真实和人造，所有的人工模仿都能够以假乱真。所以，《假面神祇》中的政府网站都配有"反换脸"程序，代替人类来检索经过换脸的视频。这些程序至关重要，如果黑客能够"黑"进这些影响力巨大的网站，发表一些伪造的、别有用心的视频，我们不难想象由此带来的政治和社会后果。所以，随着我们现实中深度图像生成模型的不断演进，"反生成"的开发同样不容忽视。

其实，我们所有人都生活在一个"后真相"的时代。比如在当下，我们都会通过各种渠道，接收到无数关于疫苗和病毒的信息，多到我们无法处理。即便现在，社交媒体上还会传出不少谣言，每个人也因此在鉴别真假的过程里疲惫不堪。"真相"已被掩藏在巨大的信息流之中，难以寻找。我们接触到的所有媒介平台，其背后都有庞大、复杂的利益链。这意味着每个平台都有它们的特定立场，代表着其赞助人的权利。在这种情况下，"真实"这个概念，一旦经过了某个平台的中介，便不可避免地接受修改。这种修改或许不是某个特定的人有意识来完成，更多情况下，是预设在"媒介"的内在框架之中。

这就是信息爆炸所带来的症候。而在我看来，这需要我们回忆起中国历史上的著名典故"矛盾之争"，当技术带来的信息屏障越来越高，我们也需要开发出更为尖利的矛。网络上的"换脸者"与"反换脸者"之间的竞争会变得无休无止，从而反过来促进相关技术的发展。而相对于技术来说，"人类"本身或许会变得更弱，毕竟我们的感官、我们的运算能力，以及对真假的辨认能力，都会慢慢落后于机器和程序。也许我们能够在无尽的信息流中找到经过层层掩盖的"真实"，也许我们可以立刻拔掉网线来保存这样的"真实"，但如此一来，我们也就失去了数字平台构建的"连同性"，这对人类的认知而言同样是不利的。

我觉得，《假面神祇》所描绘的未来可能很快就会发生，并不需要二十年的时间，而我们需要做好准备，来迎接这样的未来。尼日利亚是一个多民族国家，多种文化和语言在这里汇集，每个民族都有不同的政治和社会诉求。故事里我也写到，伊博人的土地、石油、矿产资源丰富，而这些资源所创造的经济利润，却被约鲁巴等民族抽取了很大一部分。在这样的社会中，Deepfake 将会成为某种强大的武器，成为政治话语的技术平台，这种话语的影响力是个体无法抗拒的。所以，在开发"反换脸"技术的同时，我们也需要思考"真实"的定义。我们可以用区块链技术将"真实"加密，或许也可以通过量子计算开发新的加密方式。

但是，所有这些都是技术层面的尝试，而更重要的，则是意识形态的建构。不论技术如何发展，人们总是困顿于一种二元对立的逻辑关系，以"自我"为中心，区分、排斥、异化"他者"。我们所有人都需要对此加以反思。虽然《AI未来进行式》的用意是描绘一个乐观的未来，但我个人有时候还是持悲观的态度，毕竟这样的二元对立根植在主流话语中，短时间内难以改变。

Angela：《假面神祇》对于尼日利亚拉各斯的描写非常细致，也深入刻画了尼日利亚各民族的文化与宗教习俗。您刚才说，您之前并没有去过尼日利亚，那么在创作时，您有没有和当地学者或者非洲研究领域的学者取得联系？

陈楸帆：刚才我简单讲到，我仔细研究了北京大学程莹老师的相关论文，在那之后，我也联系了她本人，请教了许多问题。这个过程里，程老师指出了我在描写拉各斯时不准确的地方，并且帮助我理解了很多文化上比较隐晦的内容。她告诉我，在尼日利亚，在跨国公司工作的人会受到很多非议，因为从尼日利亚传统的角度出发，这些人是资本主义的打工者，不会受到神的庇护。她还告诉我，尼日利亚各个民族对其民族领袖和社会运动者非常尊敬，甚至会为他们设立庙宇，加以祭祀。但在此阶段，这些庙宇所纪念的，绝大多数都是男性。虽然女性社会运动者在近些年来也取得了一定的成就，但这些成就还没能被完全认可。

所以，在写《假面神祇》的时候，我很小心地避免文化挪用，每个细节我都会去探究其背后的文化内涵。《AI未来进行式》中写到了十座城市，其中的绝大多数我都亲自探访过，只有两座城市，我还没有找到机会过去一探究竟。但是，在写小说的时候，我都会找到了解这些地方的朋友深入交流，确保我没有对当地产生误解。其中有个故事发生在澳大利亚布里斯班，而我在上海恰巧认识不少澳大利亚的朋友。他们看过初稿之后，纷纷表示，在澳大利亚，故事里描写的不可能发生，因为他们的政府太差劲了，不可能有这样的发展。

Yen：刚才提到,《假面神祇》很重要的议题之一是"身份",并简单介绍了主人公对于自身特殊性别身份的理解。其实除了性别,我们还有很多其他的"身份",包括种族身份、阶级归属等等。我能感觉到,视频换脸技术会对年轻人产生很大影响,他们有时会躲在数字面具之后,将面具当作本体,也有可能会被更有经验的换脸者所欺骗。在这里,我关注的问题和教育有关。在您看来,我们该怎样告诉下一代种种技术的利弊,怎样让年轻人辨别这些鱼龙混杂的信息?

陈楸帆：这个问题非常重要,我们在种族、性别乃至社会阶层方面遇到的种种问题,在技术的加持下都会被放大。人工智能以及其他算法无时无刻不在收集关于人类社会的数据,对此加以分析、统筹,并且在此过程中,程序本身也可以变得更加强大,更加高效。《AI未来进行式》中有一篇小说背景设定在印度孟买,探讨了人工智能如何揭露看似和谐的社会中隐藏的种姓歧视。即便印度在几十年前便立法取消了种姓制度,但它依然弥散在印度文化、语言和经济体系的方方面面。所以在短时期内,种姓制度依然会是印度社会的重要组成部分。在这样的语境下,算法的设计并不是中立的，因为算法的设计者和体制的决策者并未察觉自身的种姓偏见。

在这样的环境里，教育便显得尤为重要，需要向年轻人以及计算机科学的从业者们阐释社会中各种不易察觉的结构性不公，而讲故事便是阐释的重要方式。《AI未来进行式》的目标读者正是这两个群体。通过科幻小说的世界建构，我们需要指出，现阶段的计算机算法很有可能有很多内在问题，有可能带来比较复杂的社会矛盾。这本书里很多故事都讨论了社会不公，而在我看来，这样的不公大概能分为三个层面。首先是算法不公，这部分我们刚才通过孟买的例子谈过了。其次是数据不公，我们所收集的数据，只来源于能够接触到互联网并与此互动的群体，而无法接触到网络或者有意回避网络的群体，也就消失在数字世界之外。还有就是算力不公，当下的计算机发展并不均衡，像美国这样的发达国家有着无与伦比的计算机算力，这就为人工智能以及其他相关领域的技术发展提供了强有力的硬件保障。但在其他国家和地区，受限于电网等基础设施以及技术水平，计算机算力非常有限，只有一小部分人才有能力负担其庞大的成本，这也进一步拉大了各个国家和地区之间的差距。

如果我们放任不管，发达国家会毫无保留地进一步发展相关技术，享受种种便利，而其他国家和地区虽然在全球互联的网络中提供了自身的数据，却只能局限在从属地位，成为前者的"数据劳工"。我们需要认识到这样一种稍显悲观的远景，并付诸努力，防止这种远景变为现实。

Angus：您刚才讲到了麦克卢汉，他的理论我也非常关注。麦克卢汉的核心观点基本成形于二十世纪五六十年代，那个时候，电视机正逐渐取代报纸、广播、杂志和电影院，成为占据主导地位的媒介平台。而现在，又有另一种硬件设施取代了电视机的地位，即我们已经离不开的智能手机。所以，在您和李开复构思《AI 未来进行式》的时候，有没有设想过在二十年之后，或许会有新的技术形式将智能手机拉下神坛，成为那个时代的主流媒介？

陈楸帆：其实，在未来二十年可能出现的技术演变，并不像我们在科幻小说和电影中看到的那样显著。目前看来，划时代的技术突破短时间内还很难产生，不过在《AI 未来进行式》中，我们的确设想了一种"smartstream"设备，它可以自动接入使用者的感官和收集生理数据，并且与其他设备进行数据共享和交互，从而可以为使用者营造一个定制化的生活环境。同时，我们还进一步构想了 XR（扩展现实）的应用前景，该技术将 VR、AR（增强现实）

以及 MR（混合现实）结合为一体，并由此想象了许多匹配
XR 技术的辅助设备。这些技术应用在未来二十年都是很有
可能实现的。现阶段，我们有一个比较流行的科技概念——
元宇宙。元宇宙是一个融合了虚拟现实与增强现实等技术、
用专属硬件设备打造的、具有超强沉浸感的社交平台。它
是一个独立于现实世界的虚拟数字世界，用户进入这个世
界后，可以用新的身份开始新的生活。

不过在我个人看来，人类下一次技术突破会出现在脑机
交互领域，这会从更"本身"改变我们对媒介的理解方式。
我们目前生活中也有很多人机交互过程，但这些过程大都比
较简单。在神经科学和计算机科学进一步发展之后，人机的
交互界面会成为人类身体和意识的一部分。指令的输入不再
需要专门的设备，而是通过人们的思维自行生成。这听上去
非常科幻，或许在短时间内难以完成，不过也让我们对此抱
有希望，包括埃隆·马斯克在内的很多科技企业家已经开始
对此做出尝试。此外，关于新型信息媒介，"致幻剂"或许
是一个可能的方向。如果人们的幻觉可以被编码甚至控制，
我们自然也就可以通过幻觉传递信息。现在来看，这显得有
些天方夜谭，但随着技术发展，我们也许可以找到控制神经
信号的方式，幻觉也就变成了信息的载体。

Angela：我对元宇宙很感兴趣。对于很多社会边缘人群来说，元宇宙可能会成为他们自我解放的重要方式，实现经济和权力的再分配。比如 Axie Infinity 这款游戏，其游戏机制基于区块链，玩家可以购买三只经过区块链加密的虚拟宠物，通过探索、竞技、繁殖等机制赚取游戏代币，目前来看收益颇丰。在今年菲律宾疫情暴发之后，许多人失去了稳定的收入，他们转而涌向 Axie Infinity，将其视为自己最重要的经济来源，每个月最少也能有人民币 4500 元左右的收入，是当地平均工资的两倍。于是，过去一段时间，菲律宾政府在考虑对人们在 Axie Infinity 中获得的游戏收入进行征税，将其纳入正式的收入管理体系。请问您对这件事情有何看法？

陈楸帆：我是元宇宙和 NFT（非同质化代币）坚定的支持者，不过我也清楚，相关领域在现阶段有非常多的资本泡沫，这些泡沫在 2014 年虚拟现实概念兴起之后一直没有消失，在很多地方膨胀得越来越严重。只有在泡沫破裂之后，我们才能看清到底谁在裸泳。大家可以看到，很多公司现在都宣称自己在开发元宇宙产品，其中很多都只是在炒作概念，没有任何实质性的探索。我们需要针对"什么是元宇宙"达成共识，元宇宙的本质是去中心化，没有权力焦点，能够改变既有的社会和经济体系。

同样，各国政府也已经认识到了数字代币的重要性，并纷纷出台相应政策。中国在过去一段时间里，加大了对数字代币的监管和限制。我觉得，区块链技术的广泛应用还需要一定时间的铺垫，在此之前，首先需要让大众接受、认可这样一种新兴的技术概念。

星小如：刚才陈老师讲到了元宇宙的资本泡沫，那么除此之外，元宇宙是否会带来某种认识论转变，从而改变人类理解周围世界的方式？

陈楸帆：关于这个问题我也想过很多，如果我们将元宇宙视为一种与现实世界平行的"或然时空"，人们便会很容易沉迷其中，从而忽视现实世界，这不是我们希望看到的。最重要的是如何实现现实与元宇宙之间的双向"转换"，现实中的事物需要在元宇宙中形成自身的投影，而同样，元宇宙中的数字产物也需要在现实世界中找到信息载体。没有这样的转换，现实与元宇宙之间只会形成刻板的割裂。但截至目前，我们还没能提出比较理想的方式来让二者有机结合。我会在之后的作品中，进一步探讨这一话题。

Jonathan：《假面神祇》中很重要的桥段是主人公身份的转变，他凭借自己的技术能力，在网络上抛弃了自身的男性特征，而选取了女性的形象，和男人约会。同时，在故事后半段，他也选取了"面具"这一宗教形式，以此传递其政治理想。在您看来，这种身份上的频繁变更，会不会是元宇宙世界的特征之一？

陈楸帆：故事主人公的力量来源正是"面具"。我们可以看到，主人公在一开始显得比较拘谨，他属于性少数群体，在拉各斯又是少数族裔的一员，所以一直以来都需要忍受很多偏见。但当他接受那项秘密任务之后，他意识到了视频换脸所蕴含的巨大潜力。面具的力量来源于文化和宗教，象征了尼日利亚不同民族对故土的继承和坚守。而对于主人公本人来说，他在追寻面具的过程中，逐渐与自身和解，不再在乎周遭人的看法，而是勇敢地成为他自己。他希望各个民族可以放下彼此之间的敌意，共同建设一个团结的尼日利亚，因此他勇敢地再次利用视频换脸技术，呼吁所有人重新挖掘尼日利亚的文化内涵，并以此为基础，给无止境的相互竞争画上句号。

来自东方的想象力正在流行

　　非常荣幸能够在中韩作家对话会与诸位交流，借此机会表达一下我个人对于韩国文学、影视、音乐的喜爱，并在此简要向各位介绍一下中国科幻的历史与近年来的发展情况。

　　进入 21 世纪以来，刘慈欣的《三体》获得雨果奖并成为全球现象级作品，带动王晋康、韩松、郝景芳、陈楸帆、夏笳、王侃瑜等中国科幻作家得到大量海外关注。包括《十字》《球状闪电》《荒潮》《流浪苍穹》《AI 未来进行式》"医院"三部曲等作品也已经或即将出版多种外文版，备受世界各地读者、媒体、出版界与学术界的瞩目。成都即将承办 2023 年世界科幻大会，历史上在欧美国家之外举办大会的次数屈指可数。

参见"2022 年中韩作家对话会——文学的未来，未来的文学"主题演讲。

看起来好像中国的科幻小说横空出世，且在短期内就"幸运"地建立起国际声誉。这当然是一种事实。但跟任何其他成就一样，当前中国科幻的耀眼表现其实是多年持续努力的结果。如果忽略过去百年国人在这片独特文化土地上播种和耕耘的历史，许多成就的意义就难以获得客观公允的评判。

科幻小说作为最直接体现"现代性"的文类，是 18 世纪法国大革命和 19 世纪工业革命的产物。晚清时期，鲁迅、梁启超等进步知识精英寄望借助科幻小说来启蒙国民心智，为社会带来科学精神与制度变革。鲁迅翻译了法国作家凡尔纳的《月界旅行》与《地心游记》。梁启超在 1902 年发表的《新中国未来记》中畅想了一个繁荣富强、矗立在世界民族之林的未来"新中国"，是中国小说史上第一次描绘未来世界的尝试，可以称之为中国第一篇科幻小说。

而到了 1949 年之后，科幻小说被视为科学普及的文艺手段得到推广，郑文光 1955 年发表的《从地球到火星》讲述了三个青少年偷一艘宇宙飞船飞往火星的冒险故事，被认为是新中国第一部科幻短篇小说。而出版于 1978 年的叶永烈《小灵通漫游未来》更是一时洛阳纸贵，为中国人描绘了充满自动化与新科技的 21 世纪乌托邦，洋溢着一种玫瑰色的科学乐观主义色彩。

我们现在所熟悉的大部分中国科幻作家，都是从《科幻世界》上发表作品起步，走上各自的创作生涯，其中也包括刘慈欣。2000 年，刘慈欣在《科幻世界》上发表中篇小说《流浪地球》，深刻影响了年轻科幻迷郭帆。约二十年后，成为导演的郭帆将其改编为里程碑式的同名科幻电影，在 2019 年的中国春节档电影市场创下了 46.54 亿元人民币（约 7 亿美元）的惊人票房，向世界展现了中国人对于人类命运共同体的关切。

电影展现了在一场想象性的全球生态危机面前，现有的世界格局与秩序如何被全面颠覆。不同于以往的好莱坞末日电影，《流浪地球》中呈现出的想象、美学与价值观，更多地体现出中国文化的家园意识与集体主义情感。不是抛弃千疮百孔的家园殖民外太空，而是带上地球一起去流浪。不是塑造单打独斗的个人英雄，而是通过超越种族、国别与观念藩篱的人类"大爱"来团结力量，共同迎接灾难与挑战。不得不说，这与"美美与共，天下大同"的中国传统哲学高度契合，充分展现了中国人对于未来的忧患意识与历史担当。

这也是中国科幻引起全球范围关注的一个重要原因：帮助人们更深入地了解当代中国与中国人。作为一个崛起中的人口大国、世界第二大经济体、科技创新与应用最为积极的社会，中国与中国人在世界舞台上占据着不容忽视的位置，也将扮演越来越重要的角色。中国如何想象未来，中国人如何看待科技与人类、万物的关系，这些问题都将极大地影响未来世界的走向和格局。

而科幻小说，作为探索并深刻揭示人类与科技复杂互动图景的文学形态，具有先天的跨语言、跨文化的全球性视野。它既保持着人文主义对科学主义的高度警惕，也表达了对生态危机、技术滥用、生命伦理的严肃思考；既是对科学的仰望，也是对科学的警钟。这种敬畏交加的二元性构成了科幻的内在矛盾和独特思维。它所形塑的审美经验是陌生化的，却不是与现实完全无涉，在引发大众对于真实世界的反思与警示方面，远远超过任何形式的科普宣传与理念灌输，这就是科幻的价值与意义。

刘慈欣曾说过，历史上很多大国崛起的过程，都伴随一种大规模的科幻现象，也就是将超现实的想象蓝图变为改造现实的科技与社会变革。可以这么说，今天，科幻的意义已经远远超越了文学范畴，成为一种文化现象与思维范式。

那么在这一场源于英国，兴盛于美国，开枝散叶于全球各地的文化运动中，来自东方的多元视角便显得重要。

我长期关注韩国影视业的发展，并对近年来包括《汉江怪物》《雪国列车》《釜山行》《鱿鱼游戏》《胜利号》等一系列获得全球市场及评论认可的科幻影视作品深表钦佩。

同时，以金宝英、金草叶、郑宝拉等为代表的韩国科幻奇幻作家也在世界范围内获得高度关注与广泛喜爱，其中不少作品已经出版了中文版并收获大量粉丝。

在我看来，韩国文化产业以全球受众为视野，和各国创作者及产业接轨，共同打造多元视角下能够穿透文化壁垒、具有世界影响力的作品，并带动本国行业的快速发展。这种"文化出海"，打造"软实力"的眼界、战略，长期培养人才与资源投入的做法，值得我们学习。

文化产品走出去，需要借助文化符号；但如果仅仅停留在符号的话，可能行之不远。文化产品要在全球范围引起情感的共鸣与认同，需要在一些全人类共同关注的终极问题上，摸索出真正具备跨文化、跨媒介能力的独特表达，而幻想类尤其是科幻类作品毫无疑问具有这种先天的优势。

科幻具有突破地域、语言、文化乃至意识形态的差异与隔阂，来达成更广泛共识的特殊魔力。它天然具备一种"变化"的状态，不断地打破人类对于已有时空的认知，不断地将人类抛掷到陌生化的环境与感知里，让读者获得一种对他者的身份认同和同理心。

在这个意义上，科幻可能是一种最能够在认知、审美和情感上建立超越人类中心主义、超越二元对立、超越种种局限性的文学样态，它既是赋魅的又是祛魅的，既是人文的又是科学的，这正是其魅力和趣味所在。

近年来，中国科幻创作者队伍不断壮大，优秀作品层出不穷，包括小说《群星》《新新日报馆》《中国轨道号》，真人影视《独行月球》《明日战记》《开端》，动画剧集《灵笼》《时光代理人》《黑门》，网络小说《赛博英雄传》《诡秘之主》《小蘑菇》等都受到读者和观众的热烈追捧。希望在未来，也能出现更多具有国际影响力的重量级作品。

在这一过程中，我深刻体会到一种使命感。如何将中国人对于科技、宇宙、未来的想象，深刻、优雅、活泼地展现给世界，同时艺术地融入中华优秀传统文化与美学的精髓，传递中国"美美与共，天下大同"的和谐理念，以及"天人合一"的生态文明之道，为推动构建人类命运共同体谱写新篇章，这是我们需要向韩国同行学习并且共勉的方向。

或许，一种来自东方的想象正在流行，如同扑翼的蝴蝶，酝酿着变革未来的风暴。让我们拭目以待。

看见

放弃了乌托邦，
人类将失去
塑造历史的意志，
从而失去理解历史的能力。

营造"惊异感"

在学院派的论述中，在杂志的专栏中，甚至在《哈利·波特》和《卧虎藏龙》捧走雨果奖奖杯时，科幻已死过多次，一切都是老生常谈。

似乎科幻小说越来越无法给人带来新鲜感，读一读你自己写的小说，再查阅一下科幻百科全书，失败感扑面而来。这还不是最严重的。

我们并不需要陈腔滥调，在摩尔定律的时代，科幻小说所面临的尴尬与挑战，并非来自其他的媒介或者文学类型，却恰恰来自现实本身。

让我们来用事实说话。

1897年H.G.威尔斯写出了著名的《隐身人》。2006年《科

参见《科幻大王》2009年第6期。

学》刊登了数篇利用纳米技术制造出负折射率的"元材料"，以及通过控制电磁场来使光线绕过物体表面的文章，真正的隐形指日可待。

超感知觉 / 念力早已成为科幻文学的一个重要母题。NeuroSky（神念科技）公司的最新科技，可让肢体残障人士仅用脑波便可控制各种设备，这是否让你想起了万磁王等一连串熟悉的名字？

是的，我们有谷歌，我们有量子计算机，我们有网络虚拟游戏《第二人生》，我们有人类基因组计划，我们有无线电力传输技术……乔治·奥威尔的《1984》向我们展示了充满监视系统的"老大哥"时代，现在，看看你的周围，甚至我们的电视节目以此为乐。

这样的例子数不胜数，摩尔定律已经不只发生于芯片的更新换代，从基础科学到最前沿的技术应用，我们面对的是一个充满"惊异感"的美丽新世界，而这种感觉，正是科幻小说赖以存在的核心，一种充满疏离与陌生化的世界图景展现。

与此相对应的是科幻小说家们对现实的无动于衷，或者是远离生活经验的自说自话，或者是沉迷于陈旧主题的反复书写，或者干脆扭过头去，从老祖宗的故纸堆里寻找科学的踪迹。

前有夹击，后有追兵，科幻小说家从未像今天这样尴尬过。还有什么读者反馈比"嘿老兄，你小说里写的那玩意儿，淘宝上正在大促销呢"更让人消沉的呢？

那么，我们的出路在哪里？

似乎这麻烦一时半会没有根治的灵丹妙药，那么我只能就我有限的写作经验，给致力于写作科幻小说的爱好者一些建议：

比你的读者知道得更多

无论是刘慈欣的超大尺度宇宙歌剧，弗诺·文奇的"奇点"系列，还是威廉·吉布森的赛博朋克，一部作品能在多大程度上给读者带来"信息冲击"，从而引发一种对未知领域的美学感受，这完全取决于作者自身在知识储备上的深度及广度。如果说"功夫在诗外"，那么对于科幻小说写作者来说，保持对人类科学发展前沿的敏感性，以及强烈而无穷尽的好奇心，则是帮助你积累头脑财富的必要武器。

当然，从科学到小说之间的距离，或许远远超过光年所能丈量的范围，克拉克的作品便是在两者间架设金桥的一个典范，但倘若没有坚实的砖瓦，一切都是空中楼阁。

比较具体而有可行性的建议是：

订阅几本好的科学类杂志。不建议你啃《科学》或者《自然》（当然，对自己的阅读理解能力充满信心者除外），所谓"好"的科学类杂志，一方面是信息的时效性能紧跟国际趋势，另一方面文字生动，深入浅出。毕竟我们写的是小说，而不是论文，需要的是能产生灵感及支撑情节的技术核心，而它往往是一个粗略而未臻完美的蓝图概要。推荐阅读《环球科学》《新发现》《新知客》等。

经常上一些好网站。这点对于学生朋友们来说，应该是最简单实惠的每日必修课，看的同时，可以有意识地记录下一些网址和思想的火花，很可能在写作中便会用得上。许多工具都是十分必要的，例如 Wired、煎蛋网、格致、译言等。

围绕某个主题进行扩展研究。比如你对"人工智能"这个主题感兴趣，想写一篇相关的文章，那么，读书、搜索，什么都好，在最短时间内让自己变成一个专家（至少对于你的读者来说，看上去像那么回事）。如果能找到几个相关领域的专业学生进行请教，或者请他们对作品进行挑硬伤就更好，这些都属于"产品上市"前不可或缺的测评阶段。

当然，如果你对自己的知识水平实在心里没谱，还有第二条路子。

如果做不到第一点，写只有你自己知道的东西

等等，你不会误会我的意思吧，我是说，如果你以为第二点比第一点来得容易或者省事，那你可就大错特错了。在科幻

小说中，想要凭借世界观设定或者概念创新来获取惊异感，那实在是一件吃力不讨好的事情，更何况，这背后所需要的知识和思想积淀已经到达"看山还是山"的第三层次境界。

基于达科·苏文的"认知疏离"定义，科幻小说应该是一种对科学话语的反映，而当现实世界的科学发展步伐超过了科幻小说的反映速度时，我们需要另一种策略。"架空"为我们提供了这样一种策略，即并非亦步亦趋地对科学话语进行正面反映，而是以一种稍微扭曲的奇异视角去发掘科学与生活之间的联系，去模糊想象与事实之间的界限，从而产生一种充满敏感性的"陌生化"与"奇异感"。

举个例子，厄休拉·勒古恩的作品中所塑造的世界，如《黑暗的左手》《一无所有》或者《变化的位面》，并没有炫目的技术或奇异的生物，无非是在对现实世界深刻洞察的基础上，将人类社会的权力、性别、等级进行小小的视角扭曲，于是便迸发出令人惊异的奇光。她借用了类型文学的故事模式，却在不断地消解、解构传统的类型意义，由此带来了全新的阅读体验。这在故事层面表现为现实与想象之间的不断交迭，科学话语的意象获得了更多元的、不确定的阐释方式，在传统的故事结构中穿插许多反叙事的亚结构，从而获得某种主流意味以及经典性。

另一个广为人知的例子是著名华裔作家特德·姜，他的文章从哲学理念、形式结构到语言文字都达到了高度的一致性，从而呈现出一种"全息图像"般令人迷醉的美学效果。在他的小说中，你极少看到对科学概念的直接描写，但又无时无刻不在传递出新颖而惊异的世界观。如果说第一点要求还停留在"器"的方法论上，那这一点要求，只能靠写作者通过不懈练习，用心揣摩，再加上一点天赋才可以达到。

但就像金庸小说里的"倚天剑""屠龙刀"，一旦练成，那便是天下无敌。

看到这里，如果你还是对自己没有信心，那我也只好祭出秘密武器。

如果以上两点都做不到，请考虑改写现实主义题材

相信假以时日，你可以成为一名非常优秀的现实主义作家，《人民文学》《萌芽》或者《故事会》上会出现你的大名，只不过，在这条赛道上你要面对的，是再上几个数量级的选手。

那么，祝你好运，我们路上见！

虚拟现实将把人类带向何方

一场观念冒险

1968 年，计算机图形学之父伊凡·苏泽兰和学生鲍勃·斯普劳尔在麻省理工学院的林肯实验室研制出世界上第一个头戴式显示器，伊凡将其命名为"达摩克利斯之剑"。

这顶采用阴极射线管作为显示器的"头盔"能跟踪用户头部的运动，戴上头盔的人可以看到一个漂浮在面前、边长约 5 厘米的立方体框线图，当他转头时，还可以看到这一发光立方体的侧面。人类终于通过这个"人造窗口"看到了一个物理上不存在的，却与客观世界十分相似的"虚拟物体"。

参见《南方周末》2016 年 1 月 7 日。

这个简陋的立体线框让人们产生一种幻觉，似乎距离一个美丽新世界仅有一步之遥。

有句话说得好，人们总是高估某项技术的短期效应，而低估了其长期影响。

科幻小说《真名实姓》和《神经漫游者》中的赛博空间并没有很快实现。新千年来了，新千年走了。移动互联网的浪潮汹涌，将所有人的目光凝缩到掌上屏幕的方寸之间，我们无所不知却又无比孤独，借助科技的力量，我们似乎具备了无数可能性，然而现实又将我们牢牢锁在一道窄门内。

由古至今，无数哲人、文人与科学家都在追求"真实"的道路上前仆后继，无论何种角度、流派都无法回避这样的事实：我们对于真实的认知建立在人类感官的基础上，即便是纯粹抽象理念上的推演，也无法脱离大脑这一生理结构本身的局限性。

随之而来的问题便是，当我们可以借助技术手段模拟、仿真、复制、创造外部世界对人类感官的刺激信号时，是否意味着我们创造了一个等效的"真实世界"？而在这样的世界里，人类变成了制定规则的上帝，所有伴随人类进化历程中的既定经验与认知沉淀将遭受颠覆性的挑战。我们将重新认知自我，重新认识世界，重新定义真实。

当然以目前的技术发展水平，我们距离《黑客帝国》式的终极虚拟现实还有相当距离，但不妨碍我们打开脑洞，去想象这项技术即将或已经在各个领域带来的革命性变化。

一次媒介革命

从手抄本到印刷术，到电台，到电视，再到电脑以及互联网，每次媒介形态的革命都带来翻天覆地的范式转变。

首先是信息传播与接受的模式产生改变。无论是语言、文字、图像还是字符串，都可以视为信息的一种转喻，以此来替代、描述、解释我们对于世界的观察、理解与思考。而到了沉浸式的虚拟现实环境，信息的呈现形式由二维进入了三维，由线性变成了非线性，由转喻变成了隐喻。

我们试图通过对现实的模拟来实现信息的回归，即符合人类与外部世界认知交互规律的一种体验，它不是全新的，但却在相当长一段时间内被电子时代的媒介所忽视，它便是"临在感"。

传奇图形程序员、Oculus 首席科学家迈克尔·阿布拉西说过："临在感将 VR 与 3D 屏幕区分开来。临在感与沉浸感不同，后者意味着你只是感觉被虚拟世界的图像环绕。临在感意味着你感觉自己置身于虚拟世界之中。"

打个简单的比方，当你看一场 NBA 比赛时，你不再只能看滚动的文字直播，或者是固定机位所拍摄到的二维视频画面，而是仿佛自己置身于篮球场最为黄金的 VIP 座席，可以任意扭头去看场上的任何一个细节。让我们再大胆一点，你可以像一个无形的幽灵游荡在球场上，球员从你身边掠过，快速出手、传球、上篮、盖帽，球鞋与地板的摩擦声、手拍打篮球的撞击声、球员与观众的呐喊声，以精准的音场定位环绕你四周，甚至你能闻到汗水、爆米花和啦啦队员身上的味道。

这便是虚拟现实与以往所有媒介形态截然不同的原因，它将每一个人"带回现场"。多自由度、多感官通道融合所带来的信息刺激，将为大脑营造出极近真实的幻觉，它将可以放大并操控每一个人的情绪反应与感官体验。

想象一下，当所有二维的屏幕都被虚拟现实所替代之后，我们不再是那个被隔离在内容之外的观看者，而是参与者、体验者。你将可以亲临每一场重大的体育赛事，在舞台上看着自己的偶像舞蹈歌唱，和星战中的绝地武士一起厮杀作战，体验从一场恐怖袭击中劫后余生，毫无危险地穿行在火星巨大的红色尘暴中。

所有的说书人都需要学习掌握新的叙事语法，不再有固定机位和镜头，不再有 120 分钟的时长限制，不再有封闭式的故事线，一切都是自由的、开放的、不确定的，他们将探索的权力交给受众，却把更大的难题留给自己。

假设再延伸到其他相关领域——孩子们可以在家里接受全世界任何一门课程，感觉置身于教室中与老师和同学深入互动。工作的形态也将发生巨大颠覆，虚拟现实可以带来视频会议所无法提供的临在感，解决了远程协作中人与人之间的认知与情感障碍问题，上班的定义将被改写，不再需要寸土寸金的办公室，取而代之的是任意定制的虚拟工作空间，大部分基于空间与位置稀缺性的商业逻辑将不复存在。

重塑具身认知

没有身体的虚拟现实体验如同游魂野鬼飘荡在世间。

从认知科学角度讲，身体归属感、涉入感以及态势感知都是自我意识的重要组成部分。就好像我曾无数次看到毫无经验的新人被"抛掷"入虚拟环境，在惊叹于其真实性的同时却因为无法看见自己的身体而惊慌失措，甚至蹲在地上不敢迈出半步。

这也是为什么在虚拟现实中最终决定真实感与沉浸感的可能不是数字资产风格上的电影级现实主义，而是对于头部动作追踪的精确性，以及对身体动作捕捉的低延迟。当你看到自己的手指在空中拖出一条未来派风格的余晖时，大脑必然会响起"这不真实"的红色警戒信号。

而一旦我们创造出与真实身体完全同步（低于大脑所能

觉察的最低延迟）的数字化身，也便意味着虚拟现实进入了一个全新的阶段。我们将得以借由玩弄（请原谅我使用这个词）具身认知来重塑人类对于自身与世界的看法。

在传统的二元论观点中，心智与身体是彼此分离的，身体仅仅扮演着刺激的感受器及行为的效应器，在其之上存在着一套独立运行的认知或心智系统。计算机的硬件与软件系统便是最好的隐喻。然而过去三十年间的神经认知科学表明，认知是包括大脑在内的身体的认知。身体的解剖学结构、身体的活动方式、身体的感觉和运动体验决定了我们怎样认识和看待世界，我们的认知是被身体及其活动方式塑造出来的。它不是一个运行在"身体硬件"之上并可以指挥身体的"心理程序软件"。

认知、身体、环境是一体的，认知存在于大脑，大脑存在于身体，身体存在于环境，彼此镶嵌，密不可分。

而在虚拟现实里，我们得以通过随意操控身体与环境来改变人的认知。

借助著名的"橡胶手错觉"实验的 VR 版本变形，我们能够在真实身体与数字化身之间通过"多感官通道融合"刺激来建立起强烈的身体归属感，也就是说，接受欺骗的大脑相信数字化身与肉体是同一的——肉身疼，化身疼；化身灭，肉身也将随之遭受伤害。

我们可以以此来治疗幻肢疼痛、应激障碍、各类恐惧症及自闭症，通过毫无实际危险的虚拟暴露疗法来缓解症状。我们可以改变主体的性别、肤色、年龄、胖瘦，让他们通过观察不同的自我来实现认知上的改变。我们可以让大人变成小孩，让小孩变成巨人，他们将不得不调整对外部空间尺度的认知，这种运动惯性甚至会被带进真实世界。我们甚至可以将人变成其他的物种，甚至是虚构的物种，他们将不得不适应全新的运动方式以及视角，用异类的眼光看待这个世界。

我们还可以制造通感，混淆不同感官信号所对应的刺激模式，犹如普鲁斯特笔下的玛德莲蛋糕。

我们还能让灵魂出窍，穿越濒死体验的漫长发光隧道，甚至彻底打破线性时空观的牢笼。

所有这一切，都将强烈地冲击撼动我们原本固若金汤的"本体感"，或佛教术语中所言的"我识"。

当每一个个体的我识产生变化时，整个社会乃至文明的认知都将需要重新树立坐标系。我并不能确定那将导向一个积极光明的未来。

从元年到未来

可以庆幸的是，以上所说的一切或许在十年内都不会发生。

从 2014 年 Facebook 以 20 亿美元收购 Oculus VR 开始，每一年都有人鼓吹将成为虚拟现实的"元年"，仿佛只需要几页包装精美的 PPT，放个大新闻，就能够大步跨过无数技术与商业上的深坑或者门槛，就能够说服或者诱骗亿万消费者将那顶看起来颇为蠢笨的"头盔"戴在头上。

这是现实，不是科幻小说。

在脚踏实地推进技术与商业进步的同时，我们同样需要从人文科学的角度做好准备。每个时代都需要有自己忧天的杞人，去说一些遭人鄙夷的疯话，去忧虑一些看起来永远也不会发生的事情，就像乔治·奥威尔一样，用《1984》来预防 1984。

虚拟性爱算出轨吗？谋杀数字化身是否算犯罪？当存在无数个连物理定律都不完全一样的虚拟国度时，法律如何发挥作用？

会否有人利用虚拟现实制造新型毒品，诱发心理甚至精神疾病？

当每个人都能随意改变甚至交换身体时，人的本体性如何界定？

我们是否能跨越虚拟与现实的鸿沟，通过操控虚拟世界来改造真实世界？

真实世界是否就是虚拟的，就像虚拟世界中可以创造出无限嵌套的子虚拟世界一样？

虚拟现实是否就是验证费米悖论的"大过滤器"？

…………

作为一名业余科幻作者，我可以将这个问题清单无休止地延长下去，哪怕其中的绝大部分问题在我的有生之年都无法得到解答。但我想，质疑与发问正是我们正确对待任何一项变革的方式，无论是技术变革还是社会变革。一个盲目乐观的社会与一个盲目悲观的社会相比更为可怕，因为每一个个体都将竭力用自己的乐观扼杀他人悲观的权利。

那么，未来究竟会怎样？

国内虚拟现实理论先驱、《有无之间》作者、中山大学哲学系翟振明教授在《哲学研究》2001 年 6 月号的《虚拟实在与自然实在的本体论对等性》一文中推演出从 2001 年到 3500 年横跨一千五百年的虚拟现实发展假想时间表，以架空历史的方式构想未来科技。其中他写道：

"2015 年：……视觉触觉协调再加立体声效果配合，赛博空间初步形成：当你看到自己的手与视场中的物体相接触时，你的手将获得相应的触觉；击打同一物体时，能听到从物体方向传来的声音。"

令人惊讶的是，翟教授架空的时间线与现实惊人吻合，这正是我们每天在实验室中体验到的真实场景。我习惯于

邀请不同背景的朋友参与体验，并从他们宛如孩童般的兴奋
与恐惧中得到满足。毕竟虚拟现实是如此特别，任何试图描
述其妙处的文字都将是"有隔"的、笨拙的、徒劳无力的。

我更希望你能戴上头盔，亲自进入一个全新的世界。

这仿佛应验了威廉·布莱克那著名的诗句："当知觉之
门被涤净，万物向人现其本真，无穷无尽。"

科幻中的女性主义书写

科幻中对于性别议题的探索之初

长期以来，科幻小说一直被认为是一种可以改变社会认知的文学类型，经由达科·苏文所定义的"认知疏离"叙事方式，读者得以理解不同于真实存在的社会体系与人类境况。其中非常重要的一个方面便是对于性与性别的书写与思考。

但对于性别议题的探索并非从科幻诞生之日便开始。可以说，20 世纪 60 年代西方社会爆发的反文化思潮以及新浪潮运动奠定了这一基础。在此之前，大部分科幻作品至少在叙事层面上刻意忽略了性与性别，其中最大的原因在于科幻作品发表的主要媒介为杂志，而杂志的受众群体被定位为青少年尤其是男孩。

参见《光明日报》2018 年 9 月 26 日第 14 版。

即便如此，许多的黄金时代作品仍借由构造不同种族与性别的"他者"，也就是外星人形象，以及放置在未来的乌托邦或反乌托邦叙事，来隐晦地探讨性别权利，尤其是女性主义的议题。

自 1880 年"女性主义"这个词被发明以来，对于它的定义与理解，可以说跟对"科幻"的定义和理解一样纷繁复杂。近两百年来，作家们一直有意识地使用科幻小说来戏剧化当代女性所面临的复杂问题，这些问题与社会和技术变革密切相关，且充满了政治性。

早期常用的方式包括让遭受性与性别不平等的角色到异世界（外星球）或异时空（未来）进行游历，来表达一种想象性的女性权利解决方案。例如，丽莉斯·洛林的《进入二十八世纪》的主角们享受无劳动节日的美食和起泡饮料，而莱斯利·斯通的《带翅女人》将家务委托给机器人。与此同时，在苏菲·温则尔·艾利的《光明生物》中，分娩的危险被完美的玻璃子宫所消除。用罗宾·罗伯茨的说法，这些故事就是"用女性主义的童话来对抗我们文化中厌恶女性的故事"。

而到了 20 世纪 60 年代之后，女性主义科幻作者幻想这样一种未来：女性可以通过科学技术来改变人类本身，从而克服异化和保证与男性之间的平等。正如哲学家舒拉米斯·费尔斯通在《性的辩证法》中所说的那样，"与经济阶层不同，性别阶层直接来自生物学事实：男人和女人被创造出不同的而非同样的特权"。费尔斯通认为，新的生殖技术是消除性别差异的关键。

这个时期的科幻作家批评性和经济剥削，同时赞赏试图阻止这种行径的女性。包括丽莎·塔特的《妻子》、玛吉·皮尔斯的《时间边缘的女人》和苏西·麦琪·查纳斯的《步向世界尽头》等故事都想象未来女性变成玩偶般的生物，以取悦她们的丈夫。她们想象女性以各种方式进行反抗，包括自杀、战争以及原本属于男性的科学本身。有些作者同样探索通过家庭和生殖改革创造真正平等的新世界的可能性。比如厄休拉·勒古恩在《黑暗的左手》中通过人类学和社会学来展示雌雄同体的文化如何分配生育责任，从而更公平地分配权利关系。这些作品展示了男性和女性如何通过使用技术来重新分配劳动力和进行劳动力再生产，以实现充分的人性。

认真思索科学、社会和性别之间的关系

在追求性和性别平等成为普遍共识的今天，信息通信技术的发展以及全球资本主义的出现为科幻作者带来了新的议题。与早期许多将科学视为性别歧视的一部分女性主义者相反，20世纪80年代出现的第三波女性主义者认为，认真思考科学、社会和性别之间的关系应成为所有女性的核心优先事项。

在唐娜·哈拉维开创性的《赛博格宣言》中，她发掘出女性主义、酷儿、政治经济学和科技的理论联系，并将赛博格（人机合体）视为一种混合主体，以超越主流叙事，尤其是与性别和性相关的叙述。赛博格、外星人、跨物种生命、虚拟身体，所有这些作为科幻的又一种"他者建构"，动摇了权利与身份认同的话语体系。这重新想象了朱迪思·巴特勒所谓的"性别表演"，即主体的性别身份不是既定和固定不变的，而是不确定和不稳定的，即表演性的。

非裔美国女性作家奥克塔维娅·E.巴特勒的《血孩子》、"种族灭绝"三部曲，以及她最后一部作品《雏鸟》，其中对跨物种和跨性别角色的塑造，对人类与异族交配、繁殖以及复杂性共生模式的处理，表现出深刻而无所不在的权力色彩。在小说里，被称为 Ina 的吸血鬼外星生物与人类"共生体"保持着互联、多元的关系。由于人类依靠 Ina 生存，反之亦然，欢愉与权利变得不可分割。基于 Ina 对人血养分的需求以及人类对 Ina"毒液"的成瘾，肉身性与习得性的欲望融为一体，既是非自愿的（因为受到身体需求的驱使），又是自愿的（因为共同生存所必需）。

在探讨女性主义的科幻作者中同样不乏男性的身影。早在 20 世纪 20 年代，开创美国科幻黄金时代的《惊奇故事》主编雨果·根斯巴克（也是雨果奖名字的由来）便批判了现

代节育运动。自 20 世纪 60 年代以来，男性作者已经习惯于
将女权主义纳入自己的主题，如赛博朋克领军人物布鲁斯·斯
特林在《网中之岛》和《圣火》中探索了新的信息和生物医
学技术如何解离女性的传统生活模式，从而鼓励她们与家人
和更广阔的世界建立新的关系。这些故事展示了男性和女性
一样，能够使用科幻来创造性地改写对科学、社会和性别的
主流理解，从而在新的世纪到来之际重新结构我们的思想。

　　另外一种值得关注的科幻性别写作来自粉丝及同人创作，
通常是基于流行的电影、电视和小说叙事文本，对现有科幻
角色进行配对，通过科技（基因改造、生物工程、人体增强等）
来塑造技术化身体及改写欲望叙事，带有强烈的情色意味。

　　从这些相对边缘的作品中可以找到对传统婚恋模式、欲
望二元模式的真正挑战：在边缘人群作家、少数族裔作家以
及粉丝同人作品中，他们开创性地使用传统的科幻符号和技
巧，来营造出让读者感到疏离同时愉悦的性别设定。

中国当代科幻中的性别议题思考

　　由于历史社会文化背景上的差异，也由于长期以来对科
幻文学的定位停留在科普或少儿文学方向的创作上，中国当代
科幻作品中对于性与性别议题的探讨仍然处于起步阶段。尽
管在女性代表作家如赵海虹（《伊俄卡斯达》）、凌晨（《潜

入贵阳》）、郝景芳（《流浪玛厄斯》）、夏笳（《中国百科全书》）、迟卉（《归者无路》）等作品中都通过女性角色视角完成了对想象性世界的探索、秩序重构与和解，但并未能借助科幻的认知框架更进一步地颠覆与讨论性别议题本身。更加直白地说，这个议题并没有如其他男性占据主导的科幻传统议题（如资源争夺、阶层冲突、科技异化、赛博朋克等）般引起女性作者的兴趣，造成很多时候中国女性科幻作品的"去性／性别化"倾向。

有趣的是，中国男性科幻作者却在这方面展现出比女性作者更为自觉的探索热情，如韩松在《美女狩猎指南》《柔术》《红色海洋》等作品中对于性别与权力意识、禁忌的挑战与建构都做出了令人印象深刻的尝试。刘慈欣的《三体》中塑造了或许是中国科幻文学史上最为复杂立体的女性角色——叶文洁与程心。在敝作《G 代表女神》当中也围绕着性和权力这一核心议题展开讨论，并获取了相当热烈的读者反馈。但纵观比较，中国当代科幻对于性与性别议题的书写与探索依然稀缺，或是停留在表层的符号层面，尚未真正进入文化基底之中，这与整个社会性别意识的觉醒程度亦是密不可分的。

终究，科幻文学与文化反映的是我们的现实世界，无论是保守观念还是挑战性别现状的叙事探险，这些故事都为我们展现了许多不同的欲望形式与亲密关系。而在这些或然时空里，永远不缺乏的是崭新的性与性别的可能性。

我们如何提前触碰未来

近几年被问及创作的灵感来源时，除去老生常谈的一二手经验之外，我总会加上一句"看展"。实事求是地说，除去不可复制的私人经验外，艺术作品远比直接的文学文本或影视作品提供了边界更为模糊且挑逗直觉的美学冲击，让人每每可以从中获取宝藏。

恰逢中央美院毕业季，又是"未来考古学"的主题，与詹姆逊借科幻小说探讨乌托邦理论流变的著作同名注定不是巧遇。果不其然，在入门不远处的广场便立着几块透明装置，从学生中征集的"未来100年中央美院大事记"陈列其上，这些不断向经典科幻致敬的虚构文本与现实图景两相交叠，这本身便象征着某种问题意识或干涉现实的立场。

2019 年中央美术学院毕业季主题为"未来考古学"。

今年的毕业展声势更浩大，学生作品的完成度也与职业艺术家相去不远，吸引我的是其中科技元素的大举入侵，不光体现在表现形式与实现手法上，更深入作品的意识形态与哲思层面。

整体观感而言，以 90 后作为主体的年轻一代艺术家，不缺乏互联网原住民与技术爆炸时代的敏感度，但这种敏感度与"临场感"是否有效转化为对技术逻辑的深入理解，是否寻找到一种适配的艺术语言进行转化，而不只是对于一些经典推测性概念的挪用与视觉化重构，却没有体现出这个时代艺术真正所应当具备的能量——打破既有边界，提出技术或美学都未能完满解答的新问题，释放一种超越科学主义的想象力，这是一个值得深思的问题。

这或许跟我们自 20 世纪 50 年代开始仿照苏联教育体系实行文理分科制度不无关系，"工程师思维"成为金字塔尖的知识形态，一直延续至今，在此不再赘述。我们所应该提问的是，在这样一个崭新的技术时代，我们需要什么样的艺术教育。

似乎在回应我观展过程中的思考，央美新近成立了"艺术与科技"专业，在官方简介中提到此专业的设置是为了"引导学生在新的自然、科技和社会环境里探索艺术与科技的创新结合，扩展新型的想象力和创造力"，目前设置了机器人

科技与艺术、智能科技与设计研究、生物科技设计、新兴社
会媒体科技艺术四个方向。

　　类似的设置我们可以追寻到成立于 1989 年的德国卡尔
斯鲁厄艺术与媒体中心，也可以从麻省理工学院建筑系的"沼
泽学院"或者 MIT Media Lab（媒体实验室）中看到更为
激进的理念——既打破学科边界，以未来作为思考与创作的
出发点，甚至向传统的人类中心主义视角发起挑战，将机器、
算法、环境、动物，甚至凯瑟琳·海勒所谓的"无意识智能
体"也囊括在讨论范围内。

　　在介绍中我了解到央美该新专业的对标之一是芝加哥艺
术学院的 art & technology studies（艺术与技术研究），
该部门根植于 1969 年史蒂夫·沃尔德克建立的动力学领域
及 1970 年索尼娅·谢里丹建立的生成系统领域，聚焦于将
科技作为艺术表达的媒介。这一定位颇有历史语境，却也可
以与当下中国主流社会对于技术的理解与定义相辅相成，无
缝衔接。但其所带来的潜在风险或许也很明显，过分强调科
技的客体性与工具性，而忽视在五十年后的今天，技术与人
类共生共振的复杂嵌合结构，也许会生产出一批精致而炫目，
但在认识论上老旧过时的"科技艺术品"。

　　这样的问题并非只存在于艺术教育领域，事实上绝大多
数人没有意识到，当今中国已经成为全球范围内技术应用规

模与速度均遥遥领先的大国，从个体心灵到社会结构与科技互相咬合的深刻程度所带来的一系列问题，远非教科书上的理论所能囊括。这也促使我所在的科幻领域近年来在国内备受瞩目，渐成显学，无论学界、商界或是政界都希望借助科幻的思维框架来探寻未来，一窥管中真义。然而国内长时间将科幻低幼化、边缘化、科普化的土壤并没有实质性的改变，更远谈不上赶英超美，弯道超车。

因此，"艺术与科技"专业课程设置与师资配备便显得尤为重要，教什么，怎么教，以何为导向？科技与艺术之间是何关系？学校是否能够通过校外甚至海外师资的有机交流，帮助学生搭建起科技史及技术伦理哲学的知识谱系？央美任重道远。

无独有偶，同时间段展出的"亚洲数字艺术展"则为我们呈现出当下主流亚洲艺术家对于科技与艺术的理解。令人兴奋的是诸如京东、优必选、梦之墨、全电智领等科技企业也参与到与艺术家的合作项目中，并有不俗表现。但在展览中给我留下最深刻印象的却是来自邻国艺术家的装置作品，分别是韩国艺术家金允哲的《三轴柱 II》/Argos（两件相互关联的独立作品）与日本艺术家黑川良一的《反向折叠》。前者将高能物理、流体动力学、电磁学、纳米材料科学通过具有技术含量与美感的形式建立联系，展现了东方式"天人合一"的本体论思考；后者则是将由法国原子能与可替代能源委员会宇宙学研究所（CEA-IRFU）的宇宙观测数据加以视觉化，结合同步体感装置，对科技机构在制造及普及知识过程中的权力结构进行了质疑，同时以宇宙尺度的时空进行叙事，制造出令人迷惑的沉浸感。

这两件作品都引发了我的思考。它们不是容易的，也不是显而易见的，它们试图在现有的科学认知框架内建立新的联系，或者挑战我们习以为常的固见，并通过多感官的方式将这些感受传递给观者。在观看体验过程中，我有一种强烈的"未来感"，这种未来感并非对好莱坞式科幻片的符号复制与模因增殖，而是来自不确定性、对抗性、不安全性的营造。

这或许是我们最难教会给学生的：如何提前抵达甚至拥抱一个充满高度不确定性的未来，甚至愿意放弃某些令人舒适的既有观念。

这又让我想起坂本龙一在 1985 年纪录片《东京旋律》中演示如何用早期个人电脑 NEC PC 9801 进行笨拙的声音存储和处理。而在此之前，他所在的乐队 YMO（Yellow Magic Orchestra）已经用合成器做出了两张热门专辑并且进行了令欧美乐迷惊叹的巡演，其所用的 Roland MC-8 还经常因为没有散热风扇而过热宕机。YMO 也成为有史以来

最早进行现场表演的电子乐队之一，甚至推动了日本合成器
厂商的产品更新换代。最终雅马哈在 1984 年推出首台 MIDI
合成器，改变了整个世界的音乐版图，影响延续至今。

　　所以说，真正的艺术家并不驻足等待，一味跟随科技潮
流而动。他们创造并引领风潮，野心勃勃地触碰并改变未来
的形态。

科幻视野中的城市书写

讨论城市书写（可以被解读为不同层面，比如城市中的书写，或者对城市的书写，甚至城市本身的自我书写）的历史沿袭与变迁，本身是个复杂而有趣的话题。

我出生在广东汕头，十八岁前基本上都住在那里，之后去了北京，现在频繁来往于京沪深几地。可以说我人生大部分经验都在城市里获得，包括我写作的主要文类——科幻小说，一种探讨科技与人之间张力关系的文学，也由于科技在现代城市生活的强力嵌入，而不得不将大部分场景设置在城市中。

传统的城市文学更多是在一个具象化的、现象的层面上对城市进行把握。但除此之外，现代城市其实有非常多的层

参见《文汇报》2019 年 1 月 16 日第 11 版。

面，而在这些层面的解读上，科幻小说可以说已经做过非常多的尝试。比如尼尔·斯蒂芬森在《雪崩》中对于虚拟现实空间元宇宙与虚拟化身阿凡达的刻画，影响了整个行业的发展以及之后同类型作品的思考；比如柴纳·米耶维在《城与城》中探讨的通过不同意识形态滤镜，对异类种族及城市空间的有意遮蔽；阿西莫夫的"机器人"系列，海因莱因的《月亮是个严厉的女人》都书写了人类与机器、算法、AI 在城市里共存的种种可能性；《飞城》《掠食城市》等作品甚至想象伦敦、纽约等大城市如同飞船或巨大生命体般具备了在太空中飞行或在大陆上行驶的能力，它们如同独立的个体，互相竞争、厮杀、交战，不断进化。这些科幻文学史上的样本都从自己的角度去探索怎么样重新观看这个城市，怎么样重新发现这个城市。这并不只是一个科幻的命题，它已经成为我们身处现实世界的一个重要部分。

在中国科幻作者的笔下，同样出现了许多城市书写与想象。在刘慈欣的《三体》第三部《死神永生》中，他想象了一个充满显示屏的雌性化的未来城市景观；而韩松的作品则更为先锋地探讨了一些极端状况，比如《红色海洋》里弱肉强食甚至乱伦弑父的海底文明，"轨道"三部曲及"医院"三部曲则将城市凝缩变形为封闭狭小的车厢，或是航行于大海上的一艘巨轮，病人的意象不断重复出现，成为继鲁迅《狂人日记》之后最为惊悚的人性隐喻。而我的长篇科幻小说《荒潮》中的硅屿，会给人一种类似于城乡接合部的感觉。我试图通过人与机器结合的存在——赛博格的视角来重新感知城市。有一个情节，女主角小米在意识跟机器结合之后，带领她所有的同伴，以虚拟的方式入侵城市网络，以一种非人的方式去观看整座城市，包括侵入所有的监控摄像头，进入所有的电脑——正常情况下是人类看电脑屏幕，但她是从电脑屏幕往外看，以一种超乎常人的速度、尺度和角度，去观看整座城市的面貌。由此，她获得了一种非人类的，或者说后人类的对于城市整体的感官效果。

此外，还有城市的尺度问题。一些科幻小说得以突破传统文学所习惯的以人为标准的正常尺度，从微观到宏观的层面去探讨终极问题。比如贝尔纳·韦尔贝尔的"蚂蚁"三部曲从蚂蚁的尺度带我们进入微型城市——蚁巢，得以发现不同生物的文明在许多层面上的相似性。再比如弗诺·文奇的"天渊"三部曲则是从光年尺度去描写超越人类认知极限的文明之间的战争，光速可以被超越，恒星能量被最大限度利用，这样大尺度的宇宙聚集区能否也被视为城市的一种？我认为是可以的。生命如何从原子到细胞，从细胞到组织，从组织到个体，从个体到种群，种群如何发展出意识和文明，文明到达一定规模后是否存在边界，这种边界是否只能通过对外扩张去突破，人类的出路是否在星辰大海，这和费米悖论以及所谓的"大过滤器"之间又有什么样的关系……这层层叠叠的从微观到宏观的世界其实都跟尺度有关，在这里面会产生非常多有意思的变量。

科幻小说探讨的，就是在这样一个相差数十个数量级的尺度范围内，城市究竟意味着什么，我们每个人在这样不同尺度的城市里生活会有什么样的感受，我们会产生什么样的互动，对于未来我们会有什么样新的问题和新的解答。

回到现实世界，我们的城市规划与设计理念同样受到不同因素的影响，在可见的未来将发生十分巨大的变化——而这也是科幻文学乃至现实主义文学都应当关注的城市话题。比如我是广东人，国家提出粤港澳大湾区的概念，通过港珠澳大桥连接三城，通过高铁将深港时空距离缩短到十几分钟，通过行政规划和资源引导让整个大湾区的人才、资源和文化流动起来。这从数学上来说其实是一个拓扑问题，不同元素、主体之间的相互位置和关系，它们的连接形态发生了改变，整个场域也相应会变化，这种变化必然会影响到其中每个人的生活、社会关系、感知与感受、精神世界的延展。这其实就是城市文学向来感兴趣的，比如张爱玲写香港，刘以鬯用意识流的方式去把握现代都市中人的聚散，都是在一个大环境的动态和小个体的摇摆中去探讨。

　　在未来，城市和城市人可能会变成怎样超乎想象的形态，技术是否会成为渗入一切的无所不在的网，虚拟空间与实在世界如何共存并置，历史／当下／未来的时空拼贴错置将如何改变我们下一代对于世界的认知，这是科幻所感兴趣的话题，也必然是其他文学类别逃避不了的面向。期待能够见证城市文学的复兴，形成强有力的对话与场域，甚至由文本介入现实境况，我也将继续用创作和思考为此贡献微不足道的力量。

器物与制度：
东西方乌托邦狂想曲

1978 年，叶永烈的《小灵通漫游未来》一时洛阳纸贵，畅销数百万册，代表了一代中国人对于乌托邦生活的标准模板，而今，我们只把它当成天真而过时的童话。

如果将托马斯·莫尔 1516 年出版的《乌托邦》作为这一复杂概念的滥觞，至今它已历经五百年风云变幻的历史检验与社会变迁。当我们环顾四周，难免惊讶却又略带失落地发现，继承当年构建理想人类社会形态的纯正乌托邦文本已经不复兴盛。相反，以批判与讽喻为主要目的的"反乌托邦"（dystopia）及其变种则大行其道，尤其是在科幻类型文学中。

我们不免要问这样一个问题：经受了 20 世纪残酷的世

参见《云鲸记事》，阿缺等著，台海出版社，2020 年。

界大战、核弹阴影、种族灭绝及极权统治冲击之后的人类，是否已经丧失了对于乌托邦的想象力与信念？对于东西方不同文化背景的思想传承者来说，乌托邦各自意味着什么？如果今天我们再次讨论乌托邦，我们应该讨论什么？

乌托邦与逃托邦：两种乐园

春秋战国时期，老子提出了"小国寡民"的乐园模型，人民可以"甘其食，美其服，安其居，乐其俗……民至老死，不相往来"。这或许是有史书记载以来人类所提出的第一个乌托邦草图。

公元前4世纪的古希腊，柏拉图将诗人赶出了他的理想国，并将王冠和权杖授予哲学家，政府可以为公众利益而撒谎，而每一个人都行其分内之事，满足社会的需求。放到如今，我们可能会称之为极权国家，但柏拉图的思想却滋养了西方文明关于乌托邦的所有想象。

究竟是"美好之地"（eutopia），还是"乌有之乡"（outopia）？西方语境中的"乌托邦"（utopia）一词从一开始便带有模棱两可的双关色彩，它是个玩笑、美好愿望，还是恶毒讽刺？也许兼而有之。

相比起柏拉图语录式的《理想国》，出版于16世纪大航海与宗教改革背景下的《乌托邦》尽管尚跳脱不出时代局限性，但已经设想出一个建制完整的政治制度和社会秩序。莫尔笔下的小岛"乌托邦"追求符合自然的至善生活，信仰自由，财产公有，全民劳动，按需分配，除奴隶外人人享有民主。

类似风格的作品还包括康帕内拉的《太阳城》、弗朗西斯·培根未完成的《新大西岛》以及塞巴斯蒂恩·默西埃匿名出版的《2440年》等等。尽管后人在形式、内容与功能上对《乌托邦》有着不同的延展与变形，但精神气质却是一脉相承。

这类被统称为"经典乌托邦"的作品往往有一种禁欲系乐园的气质，强调有节制、平衡的理性生活，过分贬低了物质追求与肉欲享受。同时，作者有一种为全人类代言的整体主义情节，着力展望一种全景式的社会改造与制度变革，试图构建一种终极的人类价值观与精神归宿；聚焦于抽象理念与规则建立，却往往忽略专业上的实操性与细节，呈现出一种"亦庄亦谐"的风格。这与世界另一端、来自东方的乐园想象截然不同。

在东方，无论是东晋陶渊明的《桃花源记》中"与外人间隔。问今是何世，乃不知有汉，无论魏晋"的封闭空间乐园，抑或是传说某人误入山中洞穴，受到仙人招待，洞中数日，人间已过百年的封闭时间乐园，毫无疑问都与老子思想一脉相承，描绘了一种逃避主义的"逃托邦"景象。

唐传奇《南柯太守传》或清代李汝珍的《镜花缘》都可以视为"逃托邦"精神的延续，主人公或做梦或乘船游历，进入一个与现实隔绝的封闭时空，见证奇人异事、风土文物，但最终都选择了归隐道门或出世离尘。可见乐园在这一脉传统中并不是超越于现实之上的理想存在，更多是为了与主人公的世俗遭遇两相对比，印证"如梦幻泡影，如露亦如电"的虚无主义落笔。

也难怪在"逃托邦"的文化脉络中，我们看不到对于现存制度的打破与重构，毕竟在循环史观占统治地位的中国古代，王朝兴衰更替都是天道的一部分，再怎么变，最终都会回到原点。倒不如带领读者去看遍花花世界之后，告诉你一切尽是镜中花，梁上梦，让人更加安于现状，更符合"君君臣臣父父子子"的儒家等级观念与统治艺术。

在乌托邦这件事上，儒释道的文化模因发挥了高度一致的作用，它们将追寻者引向自我内心与身体。

东方人转向"内观""丹术""大小周天"，信奉通过冥想、坐禅、念诵、修真等带有神秘主义的方式，试图在身体与精神的宫殿中建立起一套不易受外界干扰的平衡系统，来实现终极意义上的平静喜乐，找到身体里的乐园。

与这些追求"无我""止观"的东方修行者不同，19世纪上半叶，以法国圣西门、傅立叶和英国欧文为代表的西方世界乌托邦社会主义者，则是真刀实枪地提出改造社会的政治纲领。

无独有偶，他们都认为自己的方案基于对人性的科学理解。比如，圣西门的理想社会由三个阶级组成——科学家、艺术家和生产者，对应人类的三种天赋。而傅立叶则认为人性由 12 种激情组成，进而推演出 810 种不同气质，因此一个和谐社群的人口理想值在 1700~1800。

无论鼓吹爱的教义、提倡小型社区或是建立全能工会的尝试，最终都宣告失败，有趣的是，他们都拒绝被冠以"乌托邦"称号，因为其含义为不可实现。而在相当长一段时间内，乌托邦社会主义都受到来自"科学社会主义者"马克思与恩格斯的猛烈批判，分歧的根本并不在于目标或未来景象的价值，而在于转变的过程。

相比"经典乌托邦"的正襟危坐心怀天下，"世俗乌托邦"的发展脉络则要欢快精彩得多。

如欧洲中世纪民间诗歌《乐土》，集结了世界各地世俗天堂神话中常见的主题，如永不竭尽的食物与水、宁静无争的社会、完美气候与青春之泉，也包括了伊甸园与西方乐园元素，但结果却是塑造了一个女性随时乐意发生性行为的男性乌托邦。

正如博斯在经典的三联画《人间乐园》所描绘的超现实场景，奇幻作家彼得·S.毕格评价道："色情紊乱，将我们全部变成了窥淫癖者，充满了令人陶醉的完美自由的空气。"这无疑是纵欲主义乐园主题的光大。

到了神秘主义者爱伦·坡的笔下，《阿恩海姆乐园》里的乐园位于一圆形盆地，要抵达这神秘的所在不明的封闭空间，须逆流而上，穿越迷宫般的峡谷。这固然可以追溯到乌托邦与牧歌传统，但倘若与以桃花源为代表的中国乐园模型等齐观之，则不难看出两者跨越时空的相似性。

无论东西，进入20世纪后，人类的乌托邦幻象被战争机器一路碾压得粉碎，直到苏联解体、铁幕落下，宣告人类历史上最庞大的乌托邦实验失败。全球化与消费主义的浪潮不可阻挡，人类对于乐园的欲望与想象需要寻找新的出口，于是我们有了凝固童年与将一切现实冲突简单化、娱乐化的迪士尼乐园，于是我们有了延续反文化运动和嬉皮精神，每年只在内华达沙漠里存在八天的"火人节"。

中国"逃托邦"式乐园想象在这场全球化浪潮中被冲刷得更加狼藉不堪，只剩下终南山上自力更生搭建民宿的隐居者，勉强延续着老子在数千年前的避世寓言，并接受媒体与外界猎奇式的检阅，而国学"大师"则号召民众追寻内心净土。

制度焦虑：从乌托邦到西部世界

如果乌托邦就是指美好的/不可能的社会，那么它可以涵盖文学虚构、讽刺、幻想、科幻、宗教或者世俗天堂、政治理论、政治纲领/宣言、创造理想社群的小规模尝试和创造美好社会的举国努力等许多领域，它们都可以被视为人类叙事的一种。而这种叙事背后，隐藏着对人类个体之间由于绝对差异所导致的不平等所产生的制度性焦虑。无论外部环境如何改变，这种焦虑始终草蛇灰线般埋藏在人类文明整体中，不时以各种形态显现。

若以 1818 年玛丽·雪莱《弗兰肯斯坦》为起点，诞生不过两百年历史的科幻小说，迅速地成为乌托邦叙事的重要组成部分，并将其推向更为广阔多元的方向。它反映的是人类由于科技发展所产生的焦虑。

在莫尔的《乌托邦》以及接下来几个世纪"经典乌托邦"的众多版本中，我们总能看到一个旅行者，登陆偏远的岛屿或未被发现的大陆，受到当地人的欢迎，乌托邦社会就像一个禁欲主义的本笃会修道院，每个人都恪守教规、禁锢原罪，为了社会的共同利益而生活劳作。

在更晚近的科幻版本中，岛屿被换成了另一个星球，或者遥远未来，但它们毫无例外都会提出一种在最大程度上消除不平等的理想制度。

到了 19 世纪后期，大多数乌托邦小说提供的制度被各种社会主义所替代。爱德华·贝拉米的小说《回顾》描绘了一个未经革命冲突便诞生于垄断资本主义的中央集权制社会主义社会，他所憧憬的 21 世纪波士顿其实是当时郊区中产阶级的生活。而两年后，作为回应，威廉·莫里斯的《乌有乡消息》以梦游 21 世纪伦敦的方式，叙述了无产阶级革命以及随之而来的国家衰亡：城乡差别遭废除，产品按需分配，货币和学校不复存在，国会大厦被用来存储粪肥，可以看出其在高度简化社会下的反工业基调。

而无论贝拉米还是莫里斯都一如既往地塑造了女性地位与权利隐而不现的男性乌托邦模式。美国作家夏洛特·帕金斯·吉尔曼在科幻小说《她乡》以及续集《与她同游我乡》中通过塑造单性繁殖的女性乌托邦来深入探讨可能的制度解决方案。

进入 20 世纪之后，科技的迅猛发展（交通工具、通信技术、太空探索等）所带来的现代思想让"经典乌托邦"所试图塑造的封闭空间或独立王国不复存在，个体不得不走出民族国家的认知框架，从行星—宇宙的视角重新审视自我存在的位置与价值。而乌托邦式的写作，越来越多地被视为科幻小说的一个分支，如达科·苏文所说的"科幻的社会政治体裁"。伴随着这一过程出现的巨大社会影响，可以说是源于反乌托邦小说类型的盛行。

反乌托邦类型最初建立于这样一种假设——建立乌托邦的努力也可能走向失控极权主义，比如卡尔·波普尔和弗里德里希·哈耶克都是反乌托邦立场的代表。许多反乌托邦小说描绘出复杂而多元的社会模式，从而实现对于无孔不入的监控（《1984》）、消费主义与娱乐至死（《美丽新世界》）、极端保守官僚机构（《大机器停转》）以及人性中自然主义本能的批判（《我们》）。本质上它们依然延续了自由—人文主义的乌托邦思想传统，并试图加入技术元素令局面变得复杂化。

几乎这些反乌托邦的经典之作都无法给出令人满意的解答，即我们如何能够在追求乌托邦的道路上避免坠入反乌托邦的深渊，或者在坠落之后再爬出来。这就好比热力学定律在乌托邦领域的一种映射，追求制度上极度的控制和秩序，最终将导致系统的封闭与熵增，必然走向整体崩塌与热寂。

作为全球反建制主义思潮的发酵产物，女性主义、环境问题以及互联网技术在 20 世纪 60 年代末之后频繁出现在反乌托邦科幻小说中，引发新一轮的焦虑。厄休拉·勒古恩在《一无所有》中探讨了无政府主义经济共同体的可能性，约翰·布鲁纳在《立于桑给巴尔》中展现了人类面对人口膨胀、城市衰败和环境灾难的恐惧，威廉·吉布森的《神经漫游者》创造了反英雄在虚拟空间对抗垄断大企业的赛博朋克亚类型。这些都极大地丰富了乌托邦 / 反乌托邦思想在不同领域与议题中的深入与影响方式。

可以毫不夸张地说，直至今日，乌托邦 / 反乌托邦文本为全球娱乐业提供了源源不绝的故事题材与影像灵感，并支撑起数以千亿美元计的庞大产值，这本身就是一个近乎乌托邦式的消费主义寓言。从库布里克的《2001：太空漫游》到雷德利·斯科特的《银翼杀手》，再到最近探讨人类与人工智能关系的 HBO 科幻剧集《西部世界》，我们看到一个个乐园的兴建与崩塌，将源自莫尔的乌托邦形态不断变形、打碎、组合，出现无穷无尽的可能性。但它在精神核心上却是一脉相承，始终不弃地追寻着人类作为个体或者整体在世间的位置与价值，并反复质疑任何贬损其存在的制度设计。

乐园，终究是人的乐园。

器物迷恋：晚清以降的中国乌托邦小说

如果说西方乌托邦科幻与乌托邦源起的理想一脉相承，到了中国却完全是另外一派景象。

世纪之交的晚清，"科学小说"作为"新小说"的一种，经梁启超、林纾、鲁迅、包天笑等知识分子引介入中国，意在"导中国人群以进行"（鲁迅语）。在见识了西洋科技的强悍之后，没有人会认为中国仅凭道德与政制便能重振雄风，科技进步成为新世界想象中不可或缺的一环，因此，"兼理想、科学、社会、政治而有之"的科学乌托邦便成了晚清小说中不容忽视的重要现象，短短五六年间连续涌现了《新石头记》《新纪元》《电世界》《新野叟曝言》等颇有分量的作品。

这实际从立意上已经抛弃了"小国寡民""老死不相往来"的"逃托邦"模式，与西方的"经典乌托邦"在思想上接了轨。

那么，这样的接轨在文本实践层面上又进行得如何呢？

较之晚清被译介入中国的凡尔纳小说中对物理、博物、天文等知识不厌其烦地罗列和阐释，晚清科幻小说对于科技的奇想显得相当混搭而随意，尤其是其中对于器物的迷恋往往超过了制度性的想象，成为区别于西方乌托邦的关键。

如在《电世界》中，大发明家、工业巨子黄震球横空出世，他梳着大辫子，凭借一双神奇的电翅在天空自由翱翔，宛如超级英雄般单枪匹马消灭了欧洲入侵者，威震全球，之后又几乎凭一己之力，苦心经营两百年，依靠神奇的电气技术，缔造了天下大同。而实现这一切的关键，是电王发现的一块天外陨石，陨石在加热到 13000 摄氏度后，可熔炼成一种叫"鍟"的原质，在大气中摩擦一下便可产生电气，如永动机般源源不绝，"比起 20 世纪的电机来，已经强了几千倍"。

在晚清乌托邦作品中，我们不难发现，尽管世外桃源已经不复存在，对历史循环论有所突破，以及超越了传统天下观，但知识分子们在文本中展现出的，依然是寄望于某种"机械降神"式的法宝神器，戏剧性地改变整个国民性与社会发展轨迹的奇想。

有趣的是，这种对于器物的迷恋甚至延续到了 1949 年之后，乌托邦科幻小说中反复出现"食物巨大化"想象。

这一想象最早可溯源到晚清《电世界》中对农业革命的描写："……鸡鸭猪羊也因食料富足，格外养得硕大繁滋，说也好笑，金华的白毛猪，的确像印度的驯象了。" 1935年筱竹在《冰尸冷梦记》里写道："巨大的鸡生下的蛋有足球那么大，巨大的牛可以产出大量的奶。"而在红遍中国的叶永烈《小灵通漫游未来》中，"农厂"生产出巨大的瓜果蔬菜，甚至连芝麻都有西瓜那么大。甚至到了 1999 年，何夕在《异域》中也创造了一块超脱于现有时空流速的"试验田"，其中动植物以百万倍的速度进化，变成巨大而陌生的怪物。

这种对"食物巨大化"的反复书写，究竟是来自对科技的盲目乐观，还是记忆深处的饥饿感作祟，很值得探讨。

无论根源何在，我们都可以看到如王瑶所说的，中国科幻对于"乌托邦"的描绘，一方面总是以那个永远距离我们一步之遥的"西方／世界／现代"为蓝本，并以"科学""启蒙"与"发展"的现代性神话，在"现实"与"梦"之间搭建起一架想象的天梯；另一方面，这些童话又因为种种历史和现实条件的制约而具有浓厚的"中国特色"，因而在"梦"与"现实"之间呈现出无法轻易跨越的裂隙和空白。器物迷恋毫无疑问就是这种裂隙与空白的集中体现。

在这之中，当然有如王德威在《被压抑的现代性：晚清小说新论》中所总结的"传统神怪小说的许多特性依然发生作用"，但倘若深究起来，是否写作者在集体无意识中，归根结底还是信奉"中学为体，西学为用"的实用主义道统，只接受器物层面的革新，却始终对于制度层面的全盘颠覆抱持怀疑呢？

结语

无论是西方的制度焦虑，还是东方的器物迷恋，归根到底，乌托邦都是对人性趋于更善、更美、更高生活欲望的唤醒，是对于大众社会想象力的动员，它跟随历史而动，也随着科技和环境而变迁，无论东西。如果我们看到了乌托邦的枯竭，那只能说代表着我们作为人类共同体自我探索与突破的动力枯竭。

但终究如曼海姆所说："放弃了乌托邦，人类将失去塑造历史的意志，从而失去理解历史的能力。"

历史尚未终结，愿人类群星继续闪耀。

迎接人机共同进化的未来

　　科幻小说往往被大家认为过于天马行空，我却提出科幻现实主义的主张，希望科幻能够反映现实科学技术的进展，以及通过未来的眼光与立场来反思当下存在的问题，比如气候变化、能源危机、环境污染、物种灭绝等等。在这一个大背景下，如何帮助普通人，尤其是青少年去了解当下科技发展到什么地步，未来还会发展成什么样，与每个人的生活如何息息相关便显得尤为重要。

　　因此在创作《AI 未来进行式》的过程中，我们在前期进行了大量的调研访谈工作，访谈对象是人工智能领域的研究者、学者、从业者和投资者，希望尽可能深入地理解目前行业发展的状况。基于对访谈结果的理解，我们绘制了一张

参见澎湃科技"我的科学观"专栏，2022 年 9 月 5 日。

AI技术发展路线图，把不同技术点按照应用场景由近到远、由浅入深地进行排列组合。在这些"技术套装"之上，我再去创作故事，设置不同的背景、文化、场景、人物情感和价值冲突，以期在科技的信息量与文学的复杂性之间达成平衡。

最近二十年间，AI技术突飞猛进，有非常多的进展。比如用AI预测蛋白质折叠结构，它可以自学自然界中蛋白质的形态、折叠结构的规律，然后去计算、推测出全世界可能存在的上亿种蛋白质结构，成为人类做研究的非常强大的工具。AI会从根本上改变我们看待世界、理解世界、理解我们自己的方式。

人类对自身的了解尤其是对大脑的了解还非常浅，我们只能说大自然造物太神奇了，经过亿万年的自然进化，创造出我们人类这么精密的机器——人也是一种机器，只不过是碳基机器。我们对人类智能还知之甚少，更难以理解模仿我们自身创造出来的机器智能。科学家现在就在用机器来研究人类大脑神经元的连接图谱，帮助我们更好地了解人类神经是怎么连接、怎么执行不同功能的。

包括人们常常会追问的AI发展的终极方向，我觉得现阶段，甚至未来很长一个阶段，我们都没法讨论"终极"这件事。就好比在量子力学出现之前，我们理解世界的逻辑，还是非常古典的牛顿力学。而如今我们现在已经到了复杂性科学的时代，不再是一个线性的叠加的过程，而是部分之和大于整体，会涌现出一些单一部分所不具备的新的特征。2021 年诺贝尔物理学奖，就颁给了三位从事复杂性科学研究的科学家。这是一个全新的时代、全新的领域。

在我看来，科学在不断拓宽已知的边界，但外面始终有无穷无尽的未知在等着我们。我们只能一点点去探索，就像走夜路，用手电照亮脚下的路，但前面有更多黑暗等待被照亮。这是一个无穷无尽的过程，我们才刚刚开始这段旅程。但可以确定的是，我们已经和机器紧密连接在一起，是一种人机共生的状态。

人与机器将帮助彼此更好地理解对方，也理解自己，实现共同进化，走向未来。

计算中的美神

当 *COSMO*（《时尚》）美国版展示有史以来第一个由算法创作的时尚杂志封面时，许多人会惊叹，机器终于入侵人类引以为傲的文化腹地——美学。有一说一，这个合成器浪潮风格的大仰角女性宇航员封面着实不赖，而 Open AI 的 DALL·E 2 也仅仅耗费了 20 秒来由文字描述生成画面。

但倘若细想，在整个过程中，人类依旧凭仗自己的主观审美，不断调整输入语句来"操控"算法生成不同的图片。AI 只不过是更为强大高效的创意工具，它并没有自身的主体性和审美倾向。是否有一天，我们能够完完全全把审美这件事交给机器呢？比如说，让 AI 成为时尚杂志的主编，主导某季的流行色、材料与款式，甚至挑选未来超模……整个

参见《时尚》2022 年第 12 期。

行业将产生怎样的地震，人类又能够接受这样的 AI 美学吗？

毫不客气地说，时尚杂志主编或许是其中难度系数最低的一项。目前的 GPT-3 已经能够生成足够自然流畅的文字段落，而机器自动采集信息，编辑生成体育、财经、时政新闻也早已不是新鲜事。学习了历史上所有时尚杂志版式之后的智能排版系统想必能够跳脱出人类设计师的窠臼，弹指之间便能输出无数种令人耳目一新的视觉效果，供其挑选。甚至连传统项目——明星硬照拍摄，都能够用 Deepfake 换脸甚至直接算法合成，无论是外太空或是深海，需要猛兽做伴还是回归历史现场，AI 都能以最低成本最快速度满足你的需求。可以想象的是，传统时尚杂志的制作周期将被完全打破，用户将能够以自己偏好的频率、风格、篇幅来定制化内容，不再有统一的期数与封面，你所读到的将是独一无二的只为你存在的 *COSMO*。

那么问题又来了，一份出色的时尚杂志绝对不仅仅呈现信息与事件，更重要的在于观点与态度，对风潮的引领与预判，乃至于对美的定义。我们如何让 AI 理解美？美是可以计算的吗？通过计算得到的美与人类感受之美如何通约？

从演化和认知视角来看，人类种种审美倾向都是适应性的副产品：喜欢对称的面孔，因为意味着健康；喜欢草原风光，因为代表水源和宜居。从自然习得的适应性，也会因为文化演变，被推广到诸如绘画、设计和时尚等行当中去，潜移默化地改变可知可感的具象世界。正如神经学家安东尼奥·达马西奥提出的，作为审美愉悦的情绪体验，是人类推理决策的前提。而最前沿的神经美学，正试图用大脑计算解释艺术触动情绪的原因和方式。

设想未来的某一天，我们借由 AI 的力量绘制出人类大脑的美感图谱，理解每个人的基因、阅历和记忆如何塑造个体审美观，甚至欣赏某个客体的审美过程也是独一无二的"创作"。它发生在我们的神经系统之中，带来一种被称为"美"的愉悦。那么有可能，AI 能够真正去中心化地去计算美感、匹配时尚，生成为每一个人量身定制的色系、材料、款式与搭配。而所谓"潮流"，只不过是在无数个性化方案之上涌现出来的某种集体无意识趋势，它或许能够折射出某种更为深刻的时代精神与结构性变革，帮助我们更好地认识自身与世界的关系。

也许到了那个时候，审美将成为社会与个体最为核心的价值观与生产力，我们也将能更真切地理解英国诗人济慈的不朽名言——"美即是真，真即是美。"